Gaea

GAEA

陰陽路
陰陽なる途
林綠——著
01
奉納

陰陽路

陰陽なる途

目錄

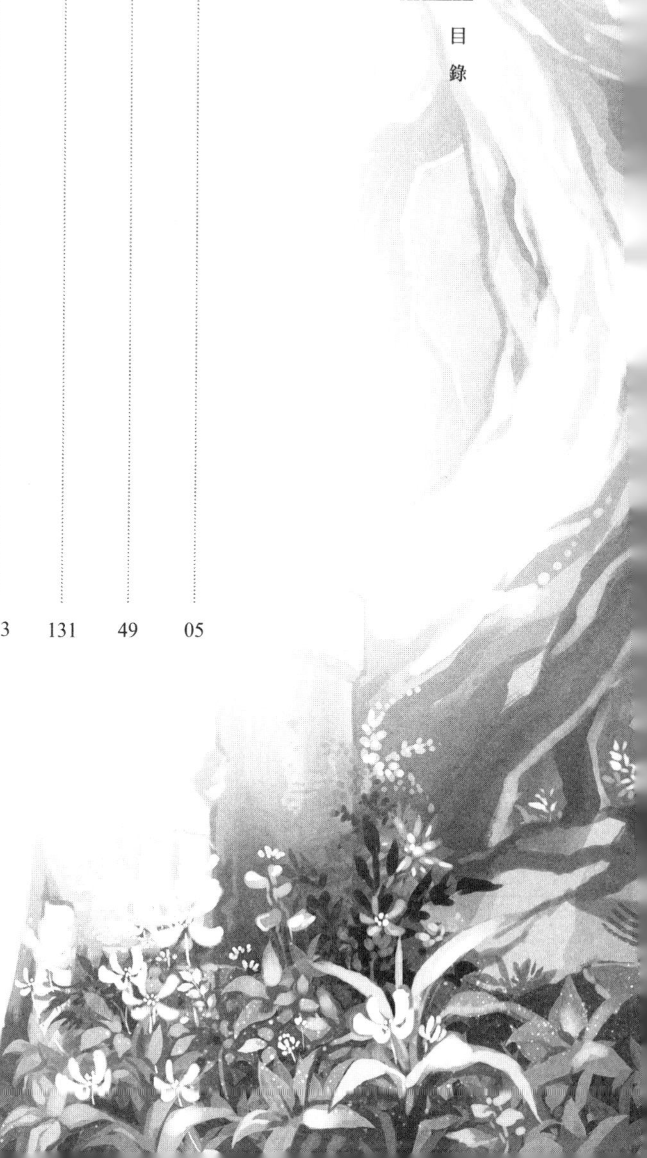

子怨

我喜歡夜間散步。

這習慣從當上人母、治安惡化後也沒改掉，兒子再三勸說，我也只是笑笑過去。

家裡的人很早就死光了，腦海裡只留下祖父的鄉野奇談。爺說，夜晚不是人活動的時間，出門要特別小心（顯然被我忘了），但也可能遇上驚奇，因爲會掉下不屬於人間的寶物。

所以兒子沒辦法反抗我，他就是我撿來的寶貝之一。

今天正好寶貝兒子約會去了，下班後隨便吃一吃，趕緊找個僻靜的地方進行娛樂。

不像白晝，晚上的風涼爽又安靜，我哼著失傳的兒歌，用高跟鞋亂踩產業道路上的小石頭，不用在意任何人的目光，好快樂。

「大姊。」

「靠！」我被嚇得摔了一跤，狼狽爬起，隨即四處搜尋害死我的原凶。

不遠處，位在路的坡段下方，有間不起眼的小廟，只有一盞黃燈吊著，昏昏暗暗。

而廟前坐著一個不良少年，托著頰，用瞧不起人的眼神看過來。

說他不良是因爲那頭金髮，脖子上戴著閃亮亮的金項鍊，制服也亂穿一通，還在這個時間到處遊蕩。

「這麼晚了，還不快點回家？」我拿出大人的架勢教訓他，他露出遇到白痴的表情。

「大姊，妳才該快點滾回去。走到人家的地盤上了都不知道？」少年拍拍褲子起身，手插著口袋往我這邊過來，要犯案了是嗎？

「你想幹嘛？」該死，我怎麼也翻不到包包裡的防狼棒。

「送妳回去啊！」他伸出雙手，手背上都是古怪的刺青，就這麼往我肩上用力一推。然後我就摔在家門口了。

看來我撞出相當大的噪音，左鄰右舍都從門後冒出頭來，但就是沒人願意拉我一把。灰頭土臉爬起來，痛痛痛，手腳一片擦傷，加上瘀青，那個死小子，給我記住一輩子。

「匡」地一聲，門從裡頭推開，開門的人是個戴眼鏡，相當帥氣的年輕人，他就是我的寶貝兒子。

「媽？妳怎麼了？」兒子顯然被我的狼狽樣嚇得一怔，七手八腳把我扶進客廳沙發。

「沒事，我不想說。」這眞是我散步記錄的一大敗筆，以後都不去第二公墓了。「倒是你，怎麼會這麼早回來？跟花花吵架了？」

兒子去拿藥水和貼布過來，沒回答我的問題。但這樣一時的沉默怎麼能讓他老媽死心？趁他在揉我的膝蓋，我也慈愛地揉兒子的大頭，希望他能分享一點八卦出來。

「媽，人家叫茵茵。」兒子投降了。

「哦。」都一樣嘛！

「她和朋友去夜唱，我不會唱歌，所以就……」

「騙你媽的，你不會唱歌?!」開玩笑，我兒子可是高中樂團的主唱耶！所以情人節來家門口埋伏的學妹才會那麼多。

「媽，妳果然有偷偷來我高中校慶。」兒子無奈地說。

「住口，現在是我在訊問你！」我板住臉孔，兒子嘆口氣。

「茵茵只要朋友在，就會叫我買東西給她。現在經濟不景氣，我不能亂花錢。」兒子像個老頭慨嘆，他怎麼還沒二十就滄桑成這樣?是我害的嗎?

我聽得心酸，從皮包翻出錢包，把僅存的二千元塞到兒子手上，外加一份信用卡申請書。

「去給她買點好的，一切有媽在！」打腫臉充胖子，我豪氣干雲。

兒子卻擺出哭笑不得的樣子：「我們房貸還沒還完，水電費的帳單也來了。」

可惡，貧窮去死！

「這我會想辦法，你別讓同學看不起就好。你媽小時候因為家裡欠債，身邊都沒男人。現在收入穩定了，一定可以供你到結婚。」

人家小孩被收養都是去享福，而我兒子卻是跟著我吃苦。從小有一餐沒一餐，沒遊戲機沒電腦，他從來沒有抱怨過。我會那麼努力工作就是發誓不要再讓他吃到任何一包速食麵。

兒子處理好那些傷，才捧著醫藥箱坐到我身邊來：「我跟她家世背景差太大了，可能不適合。」

「什麼？花花她很可愛啊！」我承認以貌取人，我跟花花其實只是君子之交。

「媽，是茵茵。」兒子眼神透出幾絲憂鬱。「她很不錯，可是她聽不進我的話，她身邊有……」

我明白了，原來是那個。

「你看到東西了。」我兒子什麼都很棒，只是有陰陽眼。

兒子鎖緊眉頭，把嘴巴抿成一條線。他眞是我見過最最低調的通靈人士，這麼多年來，知道他這個祕密的也只有他老媽我。可能和他不堪回首的童年有關，兒子一直覺得這種能力只會與壞事扯在一塊。

「是小孩子，嬰兒，黏在她的下體。」

我剛開始聽了還沒反應過來，後來才慢慢驚覺這句話所代表的意義。

「你的嗎？那女人怎麼可以這樣對待我孫子！」

「媽，妳冷靜點，我跟茵茵才交往三個月。」

「三個月不是早全壘打了？」我一直在等待我的金孫。

兒子不說話了，我知道他想吐槽我，但又體貼地忍了下來。

「是突然出現的，我不曉得該怎麼問她，也不曉得該怎麼做才好。」兒子憂心忡忡，我能明白他的心情，難怪他不想和女朋友待著，那風景實在太嚇人了。

「媽假日陪你去拜拜吧？」我拍拍兒子的肩。

「這邊的師父都是神棍。」兒子似乎對宗教信仰心死了。「媽，妳也很容易招惹東西，晚上別再亂跑了。」

話怎麼會轉到我頭上來呢？

「我是想幫你撿個弟弟妹妹。」我委婉拒絕兒子的美意。

兒子又重重嘆息著，去熨我明天的襯衫。

□

隔天，親愛的上司推薦我一處可以化解嬰靈的地方。一下班，我便爲了寶貝兒子的煩惱前往市立第二公墓。

老實說，我對墳墓堆有種莫名的偏愛，當初也是在亂葬崗撿到兒子的。空氣中的線香味特別純淨，風也特別涼爽，而且還不會有機車狂鳴喇叭。

「大姊。」

「哎呀？」這聲音好像聽過。

「瘋人院馬路直走右轉。」昨天那個金髮不良少年踩在某塊斷裂墓碑上，朝我昂了昂下巴。

「沒禮貌，誰是神經病啊？」禮尚往來，我對他揚了揚中指。

「天黑跑來墓仔埔轉圈圈的老女人不是神經病是什麼？還連著兩天咧！妳說說看啊？」口氣眞衝，就算他講的是事實，我可不會承認。

「我不是特地來轉圈圈，而是想找一間靈廟，卻不幸迷失方向。」敝人委婉糾正他的誤會，希望混蛋小子能明白。「不良少……呵，同學，你能幫阿姨帶路嗎？」

不良少年維持手插口袋的痞子姿勢，踩著羅列的石碑來到我面前，動作輕盈得不像人類，難道我遇到鬼了嗎？

「啥伙？」他說了一句外星話。

「哪泥？」我回敬客氣的外語。

「找我什麼事？」他突然又說中文了，害我不知道該怎麼反應。

「我是來找一間廟，不是來找你。」我很有耐性地重申一遍。

「都一樣啦！那邊的土地、那邊的百姓公，跟這邊的鄭王爺都是我在管啦。昨天妳打擾了大爺們的慶典，好在他們不跟妳一般見識。」不良少年自顧自說了一大串話，我看著他泛黃的制服。「正好，老子餓了。」

我也沒吃，你在靠么啥伙？

「走，邊吃邊說，這一餐當諮詢費。」他抓過我一邊手臂，蠻橫地往市區方向走去。

我從公事包裡拎起半條紅豆吐司在他眼前晃晃。不良少年僵持十秒，還是屈就於吃過的吐司。

對坐在很像椅子的墓碑上，我問他是不是在棺材裡餓了幾百年。他說了聲幹，他可是活生生的男子漢，只是白天跟同學打架，被老師處罰不准吃營養午餐。

「是他先拉我頭髮，我才拔他鼻環！」不良少年憤恨咬下便宜的吐司，把食物當敵人般火速消滅。

「你唸那什麼鬼學校，轉學吧？」我由衷建議。當初媽媽我可是帶著兒子孟母三遷，才找到一間沒有鬼欺負他的乾淨小學。

「沒法度啦，學費是蘇老師幫我墊的，而且其他高中都不能染，麻煩死了。」我懂了，重點是你那顆金毛。「話說回來，這裡求的都是冥間事，妳做了什麼夭壽代誌要來解厄？」

「不是我，是我未來媳婦兒，我兒子第一個交上的女朋友，很難得，不好好把握，憑阿夕的個性，他一定會去當和尚。」我非常篤定，兒子什麼都好，就是對世事太淡泊了。哪天我走了，眞不知道他怎麼活下去？

「妳結婚了？」不良少年訝異得跟什麼似地。

「沒有。」林之萍，三十九歲，單身，誠徵愛小孩的好男人。

「大姊，妳命裡沒子嗣啊？不是丈夫那邊的拖油瓶，兒子是哪來的？」

「兒子就是我兒子，你管他哪來的！」人們老愛說長道短，笑我老姑婆就算了，卻總是要把孩子拖下水。

「這樣我算不出來啦，他又不是妳眞的小孩，從妳的血脈當然推不出前因後果。」不良少年說得天經地義，也順便狠狠踩到我的地雷。

剛養兒子那兩年，我出了一場大車禍，偏偏那時候醫院鬧血荒，急救卻等不到血。我家的人早死光了，身邊只有小小的養子陪我。兒子從小就喜怒不形於色，那次卻拉著我的指頭哭。

哭說他要是我眞的小孩，就能救他媽媽了。

啊，眞聰明，年紀小小就有血型的概念，好棒。我當時好像說了這種話，然後被寶貝兒子打。唉，我好委屈。

到此爲止，我放棄和不良少年交涉，放下一罐保久乳當謝禮，走人。

「喂，妳等一下，等一下啦！」小混混不停呼喚我的倩影，而我想回去探看兒子的情況，沒有理他，不料小屁屁遭到皮鞋的襲擊。

「哇噗！」老娘穿高跟鞋，老娘平衡感失調，老娘操你祖母！「臭小子，你找死！」

我抹開臉上的灰，他一臉凝重瞪著我，從口袋翻出縐巴巴的學生證。

「呃，朱狗……」我死也不會給自家小孩取這種名字。

「呸呸，本大仙才不叫這個，我只是倒楣給個沒水準的廟公撿到。」不良少年把證件塞到我手裡，雖然聰明如林媽媽我也不懂他的用意。「妳身上沾的那些邪氣要是妳兒子的，那他問題可就大了。」

「不用唬我，我家沒錢！」恫嚇這招，在我帶小夕夕到處收驚的時候，早就從那些神棍身上看膩了。

「我不是騙子！」不良少年突然大吼，但又很快地繃回冷臉，好像厭倦澄清這種事。

「反正，妳人不錯，我願意幫妳一次。」

他都這麼說了，我也不好意思拒絕：「哦，謝啦。」

「妳這兩天是運氣好才碰到我巡夜。事情如果真的發生，到這裡，告訴它們：找『白七仙』。」不良少年轉了轉脖子那條粗金鍊，亮光弄得我好刺眼。

「啊？」他們是誰？騙子仙又是誰？（「白七」音近台語「騙子」。）

等我再睜開眼，墓地已經什麼人都沒有了，像夢一樣，只不過那張學生證還在我手心裡。

回到家，燈還是暗的，阿夕不在，我好無聊。

雖然老是叫寶貝兒子上大學好好玩，去見見世面，但人不在身邊，還是會寂寞——姑且稱之爲媽咪的複雜心情。

我和阿夕相依爲命十數載，媽媽我下班的娛樂就是捉弄兒子，兒子不在，生活便少了一罐調味料。

沒感嘆多久，我就被兒子放在客廳桌上、做到一半的針線活吸引住。他國中就會縫點小娃娃拿去禮品店賣，聽說花花就是看上他和外表完全不符的賢慧個性。

看來這隻大熊寶貝也是要給花花的禮物。那好，我就來幫兒子一點小忙吧！

「媽，拜託妳別碰，住手——」

我兒子摔了背包狂奔過來，門也忘了關，硬把我懷裡的熊和女紅搶走，太傷他媽媽的心了。

「小夕，好吶，我也好歹幫你縫過內褲。」我看著兒子回頭鎖門，把我踢亂的鞋子放回玄關，去洗洗手，再回來堅定地拒絕我。

「然後妳把布袋針縫進妳大拇指裡。」

「這種事我哪記得！」

「好在我記得。」兒子幽幽呼了口氣。

林今夕，你造反啊！

「話說回來，寶貝，你臉色又比昨天差了不少。」我勾住兒子的肩，把他拖來逼供。

「沒事。」他伸手拉緊外套，可是屋子裡明明不冷。

「脫光。」媽媽我一聲令下。

「媽，我已經十九歲了。」

我微笑，冷不防扯開兒子外衣，才看一眼我都傻了，血，都是血，整件白上衣染滿紅褐色的污點。

「救護車——！」要死囉，我的小寶貝啊！

「媽，冷靜點，我只是沾到。」兒子捧住我慌張的臉，用力往內擠，痛痛痛！「妳去休息吧。」

他幾乎是祈求般請我不要管事，但我做不到。

「跟媽說嘛——媽咪永遠是小夕最溫暖的避風港喲——」

「我不想妳擔心。」兒子就是愛逞強，但這也是我不得不疼他的原因之一。

「花花還好吧？我們等下買水果去探望咱家媳婦兒。」

兒子睨了我一眼，他有時候眼神會露出殺氣，自己都不知道。不過，他只是納悶我這顆腦袋怎麼發現是他女朋友出事。

「不用了，花花……茵茵她正在家裡靜養。」兒子深吸口氣，把今天下午的情況娓娓道來。「她突然身體不適，我帶她去學校保健室休息。她一直喊痛，下面很痛，才沒多久，她那條裙子就全都是血……從她下體流出來，擦不乾……」

「月經來？」

「不是！」兒子厲聲否認我的猜測。「我看到有個娃娃在咬她那個地方。」

「娃娃？熊寶貝？」

「是未成熟的嬰兒，爛了一半，還拖著臍帶。」兒子耗費絕大的力氣才說出口。

我撫平手臂竄起的雞皮疙瘩，太可怕了。

「媽。」兒子小心翼翼叫著我，我抬頭就看見他又在那邊自責的臉。

「我只是聽聽，你親眼見到，一定嚇壞了吧？」

爺說，那個世界，跟我們的世界隔了一面牆。而平常人的牆是水泥築的，我兒子得到的卻是透明壓克力材質。看他又在壓眼皮，一副恨不得挖掉眼珠子的模樣，我就心疼。

「好在你發現了，不然花花一定會被誤診成婦女病。」我拍拍兒子的手，露出可靠的笑容。「這事媽媽會想辦法，我明天下班就帶花花去找厲害的師父，斬妖除魔！」

兒子在我的堅持下終究屈服了，可是他眼底的懊惱始終沒有減輕一些。

□

「說吧，妳每次露出這麼諂媚的笑容就是要拜託事情。」

我的身分是祕書助理，而我面前仰躺在辦公椅上的囂張男人，是本公司最能幹和最八卦的總經理祕書，姓王，不過我都叫他「包大人」。

「我想找花花。」兒子早上裝死，把早餐煮好就跑了，還以為我沒有辦法弄到他女朋友的聯絡方式，實在太小看他老媽我。

「誰啊！」包大人踢了下辦公桌腳，可見他很生氣。我提供的線索有那麼不足嗎？

「好像叫謝茵茵……跟阿夕同一所大學。」

老王露出「我終於說人話」的神情，挺起身，用粗短的手指暴力敲打鍵盤。過了十秒，他叫我先去泡茶再說。

「那女人很亂。」

端咖啡回來時，包大人扔來一句話，弄得我莫名其妙。

「林之萍妳這個廢物，我說的是茶，茶啊！」

他吼的第二句話我就聽懂了，身爲下屬，理當乖巧地賠罪。

「哦，那個高山茶我自肥了。」雖然很好喝，但也要注意山坡地水土保持。「老王，茶不是重點，重點是我兒子的女朋友。」

王祕書抓了抓他稀疏的頭髮，最後還是喝掉那杯過期的咖啡。

「這女人不簡單，模特兒出身，交往過的男人少說也有百個。房子和車子都是『男友』送的，睡一晚的單價三萬元起跳。要說出來賺，但她父母明明有錢得很。」

「這三個月呢？」

包大人瞪了我一眼，又回頭摸索他的萬能電腦。

「似乎停工了，大概是經紀公司希望她收斂吧？也因爲如此，弄得她一些男人很不滿。」

「她人現在在哪？」我把吃剩的午餐往包包裡塞，拉上拉鏈。

「東區百貨地下咖啡廳。」老實說，老王不去幹情報員太可惜了，他眼線可是遍布全台灣。

「老王再見！」我拔腿就跑，一路和同事們擊掌道別。

「再見個頭，林之萍，我說過今天要加班！混蛋東西！」

包大人，人命關天，事不宜遲，您就安息吧！

□

我在亮麗的餐廳外，找到了花花一行人，三個美女坐在那裡說笑，好不養眼。

中間那個綁馬尾的就是花花，人家得化兩倍的妝才有她一半漂亮，完全沒有要死要活的慘狀，只是看起來有些虛弱。

難道事情解決了嗎？我爲兒子鬆了口氣，漫步過去打聲招呼。

「哎喲，這不是花花嗎？」巧笑倩兮，我僞裝成閒著沒事來喝下午茶的貴婦。

不知道是不是我的錯覺，花花看我的眼神不怎麼自然。

「茵，妳認識啊？」花花的朋友發出誇張的驚叫。

「林阿姨，妳好。」花花避開我的目光，小小聲回應。

「這就是林今夕他媽啊，被他誇得多好多好，還不只是個老女人。」

「妳不要這麼講啦，好沒禮貌喔！」

雖然聽起來不太舒服，但她們笑得那麼開心，我也不好意思掃興。

「拜託，誰教妳男朋友每次都要回去『照顧媽咪』，妳不是覺得好噁心？哪有人黏兒子黏那麼緊！」

對呀，我們可是世上感情最好的母子檔。

「妳身體有沒有好一點？小孩子愛玩，但不要太逞強。」我的目標只有花花，事情不大對勁，得快點把她攻略下來。

「不關妳的事！」花花綳緊的那根弦斷了，我被潑了玫瑰花茶，別誤會，那只是她手滑。「我已經跟他分了，你們這種人家也想高攀我？快點滾回去！」

我像隻落水狗，轉身狂奔，後頭傳來的嘲笑都不重要，重要的是我兒子。

電話不通，我只想得到一個地方，包計程車直衝回家。

「阿夕、阿夕！」這是一種身為母親的直覺。花花面對我的感覺很複雜，害怕、驚訝，而最深的那點就是愧疚。

屋裡是黑的，我破門而入，差點就踩到我寶貝兒子。他抱著肚子，蜷在玄關旁，汗水浸濕衣衫。

「媽，不要把鞋子穿進來……」

兒子必須維持房子的整潔，我體諒他，把高跟鞋脫了扔上門，再低身撫摸他的額頭，摸到一片冷汗。

我知道他為了救女朋友，做了某些犧牲。

「媽，我沒事……」

兒子的腹部隆起，不時跳動著，大腿兩側流滿血，原本洗白的牛仔褲都變成黑褐色。曾經有哪個誰說我天賦異稟的兒子十九歲有個死劫，我故意忘了那麼久，今天總要來面對命運。

「今夕，媽媽來幫你受這個苦，好不好？」我把手伸向兒子懷孕似的肚子，沒想到被他猛然推開，一副看到妖魔的樣子。

「妳不要管我，快走！」他半跌半跑進自己房間，反鎖起來，任我在外邊哭叫都沒有用。

我想找出備份鑰匙還是電鋸什麼的，絕對不能讓寶貝兒子一個人孤伶伶承受煎熬。他小時候半夜被鬼咬腳趾，腳上十片趾甲都被啃爛了也不多吭一聲。我是看不到那些東西，但對我孩子的傷害卻是事實，於是我剁了一根小小的腳趾頭給它們，請它們收手。從此以後，林今夕在事情鬧大之前，都會自動叫我帶他去找師父。

這次情況緊急，已經沒有時間等有緣人來化解災厄。我沒找到鑰匙，卻翻到不良少年的學生證。

「阿夕，等我！」我向房裡的兒子保證。

這次不管要錢要命，老娘都梭了！

□

「白賊仙！」

墓地空無一人，今晚的風特冷。人要隨遇而安才能快活，享受黑暗，但這個夜裡，我做不到。

「白痴仙！」我再吼，不良少年還是遲遲不出現。

腦袋暴躁得像個瘋子，一分半秒都無法忍受。現在的我，可以扭斷一個人的脖子，只要能救我的孩子。

「朱狗……不如！」我大喊出學生證上用立可白塗掉的人名。

「恁祖嬤咧，不要亂叫老子的名諱！」

眼前揚起一片白，明明只是泛黃的學生制服，此刻卻亮得刺眼，要是他不比中指，連明月都得慘輸他清亮的異色雙眸。

不是我自誇，我兒子拿下眼鏡的眼睛也這麼漂亮。

「回魂喔，大姊，妳是安怎？……幹幹幹，我還沒死，妳不要突然跪我！」不良少年往後退了兩大步，而我瘋狗似地撲了過去，不給他閃躲的空隙。

「我兒子！你一定要救救我兒子！」

不良少年怎麼都沒辦法把我從他大腿上拔開，誰教他是我現在唯一的救命稻草。

「大姊，妳還是把名片還我好了。」他嘆息一聲，我不想得到這樣的回應。

「我兒子！你一定要救我寶貝兒子！」

「鄭王爺叫我別管這件事，妳那個，就順道還給陰間算了。」

「我兒子！你不救我寶貝，老娘就跟你拚命！」

「夭壽，刣人啦——！」

我掐著不良少年，狠狠搖他那顆金毛。

「他是我的命根子啊！我什麼都能給你，只要你能救他，求你了！」

「他又不是妳生的，莫名其妙……」不良少年氣勢大減，只在嘴邊囁嚅一聲。

我拿他的制服擤乾鼻水，妝都糊在上頭，爲的只是能正確回覆他的困惑。

「林今夕是林之萍這輩子的小心肝，天砸下來都改變不了的事實。」

血緣當然很重要，想到不能指著寶貝兒子的眼睛、鼻子說這是本大娘的骨肉我就傷感。可是我們兩個呀，從他七歲到現在，已經相依爲命十二年，其間發生許多事，所以我們比普通母子感情再好一點也理所當然。

兒子寡言、內斂、表裡如一地酷，但像他這樣的一個人在他十八歲生日寫了卡片給我，交代說他去了畢業旅行我才能打開來看。

媽，這一生沒有妳，不會有我。

身爲母親，還是一名沒有親子關係的養母，心裡實在只有一個「爽」字。

「大姊，妳不要突然又哭又笑！」

抱歉，回憶到人生最驕傲的片段。

「妳不出運一輩子也沒關係？」不良少年睨起色調不一的雙眼，我用力點頭。「妳原本該是福祿雙全，連姻緣都被剋光，這樣妳還敢保他？」

「廢話，我是他媽耶！」母親保護孩子，天經地義。

「是哦。」他垂下眼睫，而後往遠處的小廟望去。「王爺公，我去幫這女人一下，您老頭子保重。」

不良少年把我拉起來，順道拍了拍我跪髒掉的膝蓋。我發現，要是不看他的金毛，這可能是個不錯的孩子。

「走，去妳家驅邪。」他轉了轉脖子那條粗金鍊。

行動力也很棒，比起那些要淨身戒慾三日的大師，大姊我給他加分。

「等等，我叫車……」

「免啦，老子我走陰間路長大的。」

「啊啊？」

還沒做好準備，眨眼間，不良少年就拎著我的後領來到似乎是我家的大門前。這已經是第三次了，老實說不訝異我就不是人了。

「不要太崇拜我。」他昂了昂下巴，囂張得跟隔壁人家的貓咪一樣。可惡，老娘被挑釁到了。

「哼哼，我遇到的死胡同比我回家的次數還多！」怎樣，嚇到了吧？我寶貝兒子可是小小年紀就會拿著相片千里尋母呢！

「哈哈，妳這個白痴！」

不良少年扯開嘴角笑著，真糟糕，除去那頭金毛，這傢伙笑起來還真有點小可愛。可是當他走進屋裡，臉色整個沉下，直往我兒子房門口走去。

「快開門！」不良少年對裡頭大吼，又瞪下忙碌的我。「妳拿電鋸過來幹嘛！」

「阿夕喔，媽媽這就來了！」買電鋸被兒子唸了千日，就用在這麼一時。可是當我往木製的薄門板劈下去，卻什麼也沒有發生。

「嘖，妖孽！」不良少年推開我，兩手比出各種奇怪的手勢，最後右手兩根指頭往門上一指，屋子劇烈震動一陣，我兒子的房間卻還是房門緊閉。「恁娘咧，還不快束手就擒，老子沒時間開壇！」

「他怎麼了？」我急得在旁邊直轉圈。

「他白目！」不良少年破口大罵，猛然五指掐住我脖子。「你再不出來，我宰了這女人！」

門砰然打開，兒子捧著不停滲血的腹部，陰狠瞪著我請來的師父。不良少年立刻鬆開掐著我的手，一拳揮向兒子的俊臉，我兒子不甘示弱，提起修長的左腳直往不良少年的腰際掃去。

兒子和不良少年你來我往，情況好不激烈。簡單來說，他們在幹架。

「住手，你們通通給我住手！」都什麼時候了，還血氣方剛，而且他們竟然完全不理會我的勸架。「媽媽我要生氣囉！……阿夕！」

兒子不得已停下來，挨了不良少年一記重拐子。不良少年打到人也就爽了，所以跟著收手，不過兩人還是殺氣騰騰對峙著。

「你道行幾年？沒有修行過的傢伙還敢強行收掉這個孽障，亂來！」不良少年氣憤難耐，而兒子偏灰色的眼珠稍微柔和一點。

「她撐不下去，我卻能承受七天，能不幫嗎？」兒子凜然地說。

「她早死，你晚死，都會死！怎麼有人蠢到這種地步！」不良少年抓亂一頭金毛，無法理解兒子的作爲。

「誰教我是這個女人養出來的。」兒子向我微笑，那是一種付出過後的從容，他眞的已經長成了不起的大人了。

我伸出雙臂，牢實接住踉蹌跌下的寶貝兒子。

「原來妳就是罪魁禍首。」不良少年冷冷瞥過我一眼。

「什麼嘛！」我把長大的小夕夕往床邊拖去，實不相瞞，好重。小混混法師吼了聲「閃啦」，幫忙把兒子扛上床鋪休息。

現在該怎麼辦？我加上阿夕的眼角餘光一致對上不良少年。

少年抬手在鼻尖揮了揮，因爲整個房間都是血腥味。一會兒，不良少年那雙顏色不對稱的眼睛才望向我開口。

「妳兒子是至陰之人，我活了兩輩子都沒見過。」

我活了快四十歲也沒聽過，兒子的目光倒是略微閃動。

「就是命格太陰，明明是詛咒別人的東西他也能吸到自己身上，眞是找死。這傢伙如果生成女人，一定是個滅國的大禍水！」

個人認爲，要是我兒子肯努力，他當絕世禍水一定沒問題！

「大姊，妳腦子一定又在想些亂七八糟的玩意，我是很嚴肅在跟妳說這件事。」不良少年又抽了下鼻子，似乎對血味敏感。「陽世陰間，他應該屬於後者。」

阿夕還清醒著，我看看寶貝兒子，摸摸他冰冷的額頭，朝他笑笑。

「小師父，請你幫我。」阿夕誠心向不良少年請求協助。

兒子想要活下去，那他的歸屬就是這個家，這個繁華世界。

不良少年瞪著我們母子倆，嘴邊發出含糊的三字經。

「先要找個純陽的傢伙，把他的氣場平衡回來……大姊，妳這個老女人自告奮勇個頭，給我閃邊！」我的一片好心竟然被他血淋淋駁回。「大概需要七天的時間，必須在一旁穩定他的情況，這個代價不是隨便人付得起的，至少要二十一頓飯才行！」

乍聽之下，還滿便宜的。

「包吃包住嘛，簡單。人在哪？我去找來！」想到兒子有救，我就想放鞭炮去炸鄰居家。

「老子就在這。」不良少年宣布解答。「禍水，你難道沒覺得好受一點了？」

「……似乎有。」兒子說得好無力。

「懷疑什麼？要不是現世混沌不明，黑的像白的，男的像女的，我可是皇帝命！」不良少年握緊雙拳，眼中不住悲憤。

孩子，把制服洗乾淨再來說這種話吧？我眼底忍不住憐憫。

「大姊，妳有空摸我的頭還不如去弄盆熱水過來。」沒幾下子，不良少年又恢復囂張中帶點冷然的模樣。

「哦。」我乖乖照做。

等我回來……我自認沒花太久時間，兒子的房間已經面目全非，玻璃物品全破光了，只殘存半邊日光燈。

在我不在這短短的白馬跳火圈時間，發生什麼事了啊？

他們的視線往上集中，我不由得跟著往天花板看去。上面從掉漆的純白色髒成黑抹抹的鐵鏽色，構成一種人臉似的圖形。

嬰兒哭了，從我兒子的肚子裡嚎啕作響。

「寶寶乖，寶寶好乖。」哎喲喲，聽到小孩子哭，我就不住揪心肝。

小孩子哭了，不就是要哄一哄？不良少年卻投給我一種殺人視線。

然後那種窒息般的氣氛消失了，天花板的人臉圖全化作黑水滴下來，我兒子還是抱著一樣大的肚子苦笑。

「大姊，妳幹嘛把這隻嬰靈認下來了！」不良少年放聲咆哮，等下鄰居一定會過來敲門。

「呃，那就養唄……」雖然不知道發生什麼事，但我好像捅了個大婁子，我很抱歉。

「幹你哪咪！」

啊啊啊，不良少年要打人了，好在我兒子英雄救美把人攔住，能夠抓住一個暴走的男孩子，看來阿夕好轉不少，那我就做些普通母親的份內事好了。

「寶貝呀，先把褲子脫下來吧，媽媽幫你擦擦——」我迫不及待去扒兒子的染血牛仔褲，一切都是爲了衛生保健。

「媽，拜託，不要，我自己來。」兒子迅速而堅定地拒絕我。

「你身體還很虛弱嘛。」他十歲就不跟我洗澡了，總是要找個機會重溫天倫之樂。

「小師父，麻煩你拖走我母親，謝謝。」阿夕溫和而堅定說道。

唉，我的天倫之樂。

折騰一整晚，愛乾淨的兒子換上新衣物就睡死在我床上，而我睡不著，去掃掃擦擦兒子被毀滅的房間，順便整理出一間客房。不良少年身上沾了一堆血和渣渣，所以我叫他去洗澡。

因爲不良少年原來是個好孩子，又是我們林姓母子救命恩人，我決定把「不良」去掉，直接叫他「白吃」或者「七仙」。

我聽見一聲「靠么——」，浴室門就開了。七仙濕答答頂著浴巾出來，兩手抓著像洗過又沒洗過的制服。我先拿兒子的舊衣服給他墊著，他穿起來還算合身。

我過去搶走他變成黃制服的米白制服，開心地在浴室重洗一遍、拿去晾。忙完一圈回來，他還呆站在客廳。

「大姊，我要睡這個。」七仙比向破皮沙發，似乎覬覦良久。

其實我多少猜得出他的生長環境，看他這樣，我鼻子有點不舒服，酸酸的。

「來，給大姊吹吹。」我亮出吹風機，他回應我一臉屎色。

「免啦，妳不要拉毛巾，它『掉色』了啦……啊幹幹，妳不要好奇心那麼重！」

嗯，半濕的毛巾現在躺在我手上，七仙垂著一頭滴水的白髮，神情複雜地瞪著我。

我覺得顏色是種奇異的存在，當那顆頭毛從金變白，配上那雙異色瞳孔，會讓人覺得他不太像……人類。

「營養不良成這樣，可憐的孩子。」我去煮宵夜。

「屁啦，這是天生的！」他想解釋，但我明白，大姊我都知道，可憐的孩子。

他吃著水煮麵，我烘著他頭髮，嘰哩呱啦聽他抱怨學校的事，在他不注意的時候多摸幾下頭。

「嬰靈不好弄，沒有辦法跟它講道理，要供就要供到妳過世。」他還是不太放心我兒子和暫居在我兒子懷裡的鬼娃娃。

「放心，我不介意多個孩子，我一定會好好養的，優良人母十二年經歷……嗯，怎麼了嗎？」

他抬頭盯著我看，這種眼神我在阿夕小時候看過，然而這小子什麼都沒說，又低頭唏哩呼嚕吃麵。

□

隔天，我自認醒得很早，但兒子還是早我一步煮了早點，另一個有點熟悉又陌生的男孩子很認眞在桌上擺了三副碗筷，白髮在我眼前晃呀晃的。

「媽，早安。」

我接過兒子端來的水，他看起來沒什麼大礙，只是小腹那邊突了一塊。我抽泣幾聲，往他腰上抱過去，釋放出一些無尾熊對尤加利樹的母愛。

「別抱了，老子肚子餓了！」

「我們母子倆在交流感情，少囉嗦！」

兒子接過七仙傳來的碗，盛上排骨滿滿的粥：「小心燙。」

我立刻也把碗遞過去，卻得到排骨少少的粥，人母大受打擊。

「媽，別吃醋。他是眞材實料的師父，當然要尊敬些。湯匙好好拿，別把食物又餵到衣服上。」

被兒子教訓了，好，我忍耐。可是這個新婚燕爾的畫面是怎麼回事？

「阿夕，好好吃。」諂媚！

「太好了，我還擔心味道抓不準。小七，多吃點。」溫柔？

「好，再來一碗！」七仙兩三口扒光一碗粥，心滿意足吃著阿夕的家常菜，這個橫刀奪愛的臭小子！

「等等！」我打斷他們之間良好的互動。「小夕，跟我來一下……十一，留兩碗給我！」

「十一又是誰啊！」七仙隔著碗底吼了過來。

我抓著兒子往裡頭走，凝重地和他一起蹲在廚房角落。

「你們感情什麼時候這麼好？還給他取了便利商店的綽號！」媽媽我有種被拋棄的感覺。

兒子站起來，炒了兩下小魚乾，又蹲回來安撫他心理不平衡的母親。

「媽。」林今夕用一種我從沒聽過的嚴肅口氣說道。「如果沒有昨晚那些事，我還以爲妳撿了流浪小動物回來。他跟我說他十七年來沒有吃過早飯這種東西。」

我朝餐桌那邊看過去，小動物盛了第四碗粥，吃得好開心。

「他要暫時住下，是嗎？」兒子把我偷拿魚乾的手拍掉。

我心酸地點點頭。鍋子裡的食物總是比盤子上的好吃，我也不知道為什麼。

「房間有床，妳就不要跟他搶沙發了。」兒子委婉勸我一聲，哎呀，我沒有印象。

「他睡在客廳地板，我今天早上還差點從他身上踩過去。」

我只記得我們一起看午夜卡通看得很睏，媽媽我強撐睡眼，去客房拿毯子給小動物蓋，然後不記得了，而早上醒來毯子又回到我身上。

不得不說，眞是個很乖的孩子。

阿夕把小魚乾鏟起來，我們一起回到餐桌上。七仙捧著空碗，一臉滿足。

「既然我收了『訂金』，該做的事，我一定會辦到。」

兒子的細眸不禁瞇起，我在黃昏市場大拍賣時見過類似的反應，是撿到便宜的意思。

「小七，來來，再多吃點。」

「可以嗎？」七仙猶豫地遞出小兔子圖案的碗筷，這畫面讓我心頭一跳。不妙啊，林大嬸，對方可是和妳處處作對的男孩子。

「當然可以。」阿夕溫柔回應，又看向皺眉的我。「媽，妳覺得他可愛就直說，眼珠都快掉出來了。」

「才沒有！」我最討厭小男生了，不過他要是肯再對我笑一次，那就另當別論。

基於大師所說「陰陽調和」治療法，今天是作法的第二天，氣場還不穩定，兒子和七仙必須保持一定距離。然而，阿夕週末上午的行程就是賢慧地打掃房子，小七只好跟著擦窗戶、刷亮地板。我則把文件抱到客廳茶几上，處理蹺班沒做的雜務，偶爾替他們加油打氣。

「媽。」午餐時間到了，兒子端了湯鍋上桌，語重心長跟他媽咪商量。「我覺得只供他三餐太便宜了，他好認眞在幫我做事。」

了解，媽媽我什麼不會，最會出餿主意。這時，剛好綁著頭巾的目標物走過來，兩眼發光盯著我們平時的家常菜。

「小汪汪呀。」我熱絡呼喚著，七仙二話不說拿筷子砸我。「吃完飯，去客廳待著，大姊給你一個驚喜。」

「免了，爲道之人不須多餘的東西。」七仙在等候阿夕下達開飯的指令。

是嗎？我跟兒子以前遇過好幾種師父，要錢的最簡單，有的要阿夕認客父，有的要我兒子那雙眼，也有要我過夜的啦（不過那個人被兒子打進醫院），讓我不免對「道士」這種職業帶上生意人的印象。

趁他們在收盤子，我向阿夕使了眼色，找藉口到外頭晃晃。回來的時候，兒子已經把七仙騙上我收購來的理髮廳專用椅，我把藥妝店裡最貴的染髮劑亮給他們看。

七仙眼珠子張得好大，我稍稍得意一下。

「不要，那是黑的！」

「我已經看你那頭金毛不爽很久了，咯咯咯！」

「媽，妳笑得好變態。」兒子出來緩和氣氛。「小七，試試看，你染出來效果一定很不錯。」

七仙瞪著高級染髮劑好一會，兒子又問他一次「好不好？」這小子才抿住嘴點頭。

別看我兒子頎長、帥氣、撲克臉大王，阿夕的死黨們曾經私下告訴我：林媽媽，妳兒子很會魅惑人心。

操刀的人是阿夕，我長出第一根白髮後他就去拜師學藝，技術可是職業級的。等頭毛料理完，小七足足在鏡子面前發呆三分鐘。

顏色眞是種奇妙魔法，這孩子又突然像個普通男孩子了。

「謝謝。」他垂下頭，微弱地跟我們母子倆說道。

「沒什麼。」阿夕比我早一步拍拍那孩子的腦袋。

「該死，鄭王爺說的劫難原來就是這個！」七仙冷不防跳起來，在我們面前焦躁地踱步。

「喵喵，你還好嗎？」我忍不住關心。

「大姊，停，這樣就夠了！」七仙指著阿夕的肚子，那裡似乎更消下一些。「我只待七天，就待七天。」

□

星期日，我們林家一起去超市採買下星期的伙食，星期一去上班上課。對於不自然突起的肚子，阿夕找了件寬鬆的衣服穿上，就面不改色地去學校。

附近的小姐都會趕在阿夕的機車揚長而去前出門打招呼，看到又多了一個制服高中生，一副就是要我解釋的樣子，盛情難卻，於是我就說啦。

「大家好，這是我失散多年的小兒子……混帳，怎麼可以踢你老媽！」

「妳再亂說話看看，再說看看！」七仙反應激烈，好像又不小心踩到他的狗尾巴。

「好了，再吵就要遲到了。」阿夕一手抓一個，強制分開我們的狗爪子打架。

去公司被老王痛罵，我只好安靜一整天，以表屬下的悔改之心，然後一下班就跑掉，直衝回溫暖的小家。最近暫時不散步了，因爲我的近期目標已經達到。

「阿夕，你回來啦！」我今天扮演的是溫柔賢淑等孩子回家的家庭主婦。兒子卻嚇到了，一開口就問我是不是被辭退。

「小七，你這個臭小子回來啦！」我還在記恨早上的事。

七仙怔在門口，接著一語不發略過我進門。

奇怪了，照理說不是該回給我一個愛的擁抱？果然還是養女兒比較好。

飯後兒子繼續縫製他的熊寶貝，七仙在茶几寫作業，不時傳來說話聲，我忍不住走去客廳湊熱鬧。

「鬼這種負面物質，無理取鬧、偏執，應該從人世清除殆盡。」

「人死成鬼，人心難道就不執著、黑暗？要論複雜的心思，人絕對更甚一籌。你如果想要乾淨的陽間，乾脆把人類宰光算了。」

原來他們在吵架，阿夕是絕對的反幽靈派，小七則是相對的支持者。我負責泡茶過來，叫他們別在意這個老女人，請繼續。

可是兩個死小孩一看到我就打住這個話題，心照不宣同時閉上嘴，實在是歧視普通人。

「算了，小夕呀，寶寶給我摸摸。」我伸出魔爪，兒子閃了兩下，還是被我撲上去得逞。「什麼時候會生出來呢——」

七仙給我一記好大的白眼，我順勢過去向師父請示天機，不過不是關於阿夕，而是他本身的事。

「蘇老師有沒有說什麼呀？」由金變黑，對飾品可能不是什麼好事，但發生在少年身上就不一樣了。

小七抿住嘴，但我和阿夕都投以關懷加好奇的溫柔目光。

「他哭了，鼻水也一直流。都是妳啦，害他以爲我被好人家收養，妳都不懂期望愈大失望愈大嗎！」

「好男人。」我忍不住讚歎一聲。

「恁娘咧，反正我明天要早一點到學校去。今天沒有遲到，蘇老師很高興，明天也要讓他很高興。」小七一臉認眞，又低下頭去寫功課。

我看向阿夕，雖然兒子手上的動作沒停，但我感覺得到他鐵錚錚的男兒心也不免顫動。這個天賦異稟的孩子比我想像中還要純眞良善。

隔天，我去問了老王一些民事手續，拿了好多申請表格回家。七點了，家裡兩個小的卻還沒回來，我在沙發上睡了又醒，一直等到大門打開，想不到他們兩個都傷痕累累。

「去打架？」我問，林今夕把七仙先推進去，可是被我攔著。「今夕，我說過三個人以上就跑，你有聽進去嗎？」

「媽，對不起。」兒子絲毫沒有悔意。

「你道歉個屁，都是那些雜碎對蘇老師下手，我們才會……」七仙說到一半，阿夕就把他的頭壓下去，兩個倔強男孩子在我面前沉默罰站，我幾乎就要心軟，但還是繃著臉轉身回房。

有些事一定要讓小孩明白才行，絕不能讓步，反正兒子知道醫藥箱在哪裡。

家裡安靜得像是墳場，他們還待在客廳，我聽見新的紗布包撕開的聲音。

「那女人是吃錯藥嗎？」

你才投錯胎咧，臭小子！

「別看她呆頭呆腦，她固執起來連鬼都得讓她。」

兒子好像是在幫我說話又似乎不是。

「你常常被她罵嗎？她剛才吼人的時候，好像快哭了……」

知道就好，看到我的寶貝受傷，媽媽我一顆心都要碎了。

「不多，我會盡力避免這種事發生。」兒子溫和的語調有種安撫人心的功力，他對親近的人才會這樣說話，大概發現我想對某人動什麼手腳。「這不是你的錯，我會跟她解釋。還有哪裡傷到，衣服拉起來，先幫你消毒。」

「夠了，我現在就把『小孩子』帶回去算了！」七仙緊張兮兮地說，他該不會眞的被我的寡婦臉嚇到了吧？

我猜兒子一定動手壓下不知所措的小朋友，繼續把包紮弄到完美的境界。

「你其實隨便就能消滅這個幼靈吧？反正這種沒有價值的怨靈陰間也不歡迎，又何必大費周章帶回廟裡供養？」

兒子帶點嗤笑說著，隨即傳來拍桌的聲響。

「老子的天命不是用來殺囝仔！你如果一直看賤那個世界，到頭來吃屎的還是你自己！」

兒子放聲大笑，十二年來從未有過。這是不是在引誘我衝出去看看他的笑臉？

「小七，你當人太可惜了。」

「幹，我就是喜歡人世。不要笑了，你笑得我全身發毛。」

他們又在進行媽媽聽不懂的對話。

「喂，你知道大姊在偷聽嗎？」

「唉，別說出來，不然她會跟你賭氣三天。」

我的耳朵顫顫退下牆壁，都忘了他們眼睛會作弊，人母的威嚴受到瘋狗浪一般的襲擊，逼得我搥了枕頭兩拳。

□

如上所述，我跟這兩個死小孩嘔氣三日。

「林之萍，妳腦袋壞了嗎！我要生魚片妳給我買滷肉飯回來！」老王跟著受到波及，唉，我好想跟兒子和好。

「沒辦法，比起魚，你比較適合豬的聯想。」媽媽我好傷心，矜持成這樣有什麼用呢？早知道七仙硬著頭皮找我道歉的時候，趁機彈他一下屁股就好了。

然後，在我荒度光陰之中，一星期的期限很快就來了。

兒子坦誠他知道花花之前的「不良嗜好」，肚裡的孩子很有可能是他女朋友之前的種，所以花花就算快嚇死了也沒求助任何人。兒子看了不捨，便把事情攬到自己身上，也毅然放棄兩人的緣分。

七仙在旁邊掐指算著，中途瞥了阿夕一眼，欲言又止。

週五的夜晚，我被上司活逮。回家是兒子替我開的門，小七還沒回來，就算快餓死了，少一個人就開不成飯，我凶巴巴地瞪著門口。

直到臨近半夜，我家靠西邊的窗台倏地響起吟詠的歌聲，七仙從外頭的黑夜走入我這小公寓的世界。他一身白衣，隨風翩然舞著，那頭黑髮反而顯得突兀。

他一踏入房間就拔出刀，舉刀走起奇怪的步伐，像是舞蹈，不是時下流行的舞步，而是五千年前巫覡獻給神明的那種。

阿夕穿著黑襯衫，遵照囑咐在客廳等待，雙手捧著熊寶貝。

隨著七仙和阿夕距離拉近，阿夕的肚子開始震動，那絕對不是什麼舒服的事，他都痛得快要站不穩。冷不防，我大叫，七仙手中那把冷冽古刀，就這麼往阿夕肚子劈下。

孩子哭得好大聲，我卻看不到，只見阿夕忍著痛處，把熊寶貝輕輕在地板上放下。

七仙從白袍袖口擰出一截紅線頭，仔細綁在熊寶貝脖子上，還摸了熊寶貝兩下腦袋。

我過來扶阿夕，順便拉起憐惜熊寶貝的小七，把他們兩個扛去沙發上放好，嘿嘿，熊寶貝就是我的了！

「我能抱嗎？好，你以後就是我林之萍的寶貝，不會再讓你哭，媽媽惜惜。」

我似乎感受到熊寶貝不安的視線，當初我找到阿夕時，他也露出同樣防備的神情。

因爲世上那個理應最愛他的人，親手扼殺他的存在。

「我會，愛你。」有效期限到我入土爲安那天，或者當我也是一抹幽魂時，我就可以親手抱抱這孩子，親親他的小臉。

「媽，辛苦妳了。」兒子又恢復往日腰身，健康帥氣清新。我的寶貝沒事了，眞是太好了。

「妳話都說了，還說得這麼噁心，絕對不能丟掉。」七仙低著頭，嚴肅交代下來。

「初一十五上香，可以拜牛奶，最要緊的是要陪『他』說話。」

「啊，你在哭嗎？」我發現他眼眶紅了。

「哭么啦！是沙子進去！」七仙很堅持，用力往廁所走去，還把門迅速關上。

「眞不老實。」我訕訕笑道，過去摟住兒子的肩膀。「阿夕，新弟弟好不好？」

「媽，妳就是喜歡收集奇珍異獸。」阿夕在熊寶貝耳朵別上一朵向日葵，我彷彿聽見孩子的笑聲。

什麼嘛，只是剛好我遇見的都有那麼一點與眾不同罷了。

「他有去看茵茵，人家費勁下的惡咒他動動手指就解開了。雖然還不清楚他的來歷，但妳的確碰上很不簡單的人物。」阿夕朝廁所門望去，然後怔住。

「怎麼了？」

「他走了。」兒子有些遺憾，但不怎麼意外。

我才發現洗手間的燈光一直都是暗的，可惡至極，竟然連聲再見也沒說。

「阿夕，便當！」

「是。」兒子在我衝出門那刻，適時把食物拋進我懷裡。

晚間跑步可以讓身上所有細胞清醒過來，風今晚還特地來阻撓我，我跑得特別吃力，但老娘看上的東西，從來沒有放手過！

我拚了命追到第二公墓。這片墳和我之前看到的模樣不同，這次連那點飄浮的小螢光也沒有，漆黑一片。

「白七仙，有種你給我出來！」

我把便當打開，裡頭可是阿夕提早回家煮好的豐盛謝禮，有七樣菜外加地瓜甜心捲。洗白的制服衣襬飄過我眼前，七仙站在半尺外的石碑上，兩顆顏色不同的眼垂著看我，風聲嘯嘯。

「大姊，我有些話想勸妳。」

我扶著髮鬢，惡狠狠向著他。現在都秋末了，竟然穿得這麼單薄，本來我還計畫週末帶他去買長袖衣物。

「妳還是快點找個人嫁了，他不可能陪妳終老。」

「今夕？」淨說些奇怪的話。

「算了，那也是你們的家務事，我管不著。」他朝我揮揮手，無聲往後躍下。

一陣大風颳過，荒草窸窣，只剩下我和墓碑，空便當盒落在我腳邊。

爺說，那些人世外的寶物，只有識貨的人知道。但拿到了不一定幸運；拿不到，也都是命。

鬼煞

不知不覺，冬天到了，呼吸都是冷風，肺炎近矣。

賺錢就是要工作，工作就是要加班，這種時候還被抓去上夜班簡直是謀殺。我抖著一雙穿著絲襪、高跟鞋的腿，哆嗦往家走去。

今晚沒有冒險的心情，老實說「撿小孩」失敗後，我沮喪好一段時間，頻頻對上司的雙下巴嘆氣，最後被老王報復延長工時，加班完又更加沮喪，如此惡性循環。

手機躺著兒子兩通未接來電和愛心簡訊，阿夕打算來接他老媽回家，可是這麼冷的天，媽媽我寧可當冰串也不想寶貝兒子受寒，而且要是他發現我又忘了帶外套出門，一定會被碎唸到死。

冷不防，巷道衝出一個男人把我撞倒，媽的，酒氣好重，我還來不及咒罵什麼，他就跑到馬路上，兩手發瘋似地亂揮一通。

突然，路口喇叭聲響起。

「小心……」我擠出破碎的字眼，分不出在開口前開口後，那個酒醉男人被活生生輾進卡車輪下。

男人的血沫就順著路燈拉長的影子，流到我的腳邊。

目睹車禍現場，接著一堆警察、醫生、護士在我眼前來來去去，我只記得說了很多話，很累，等到閒下來，天都快亮了。在上班前，得把握時間好好在醫院長凳睋一下……
唔，我似乎忘了某件很重要的事。
「媽！」林今夕的身影從門口冒出，著急地往我這邊奔來，看起來一夜未眠。
我想想該比大拇指還是ＯＫ，還沒得到結論就被寶貝兒子緊緊攬進懷裡，真糟糕，又不小心嚇壞他了。
「兒子，你好冰呀！」我亂揉他頭髮，直到他相信他最愛的母親毫髮無傷。「沒想到出了這種意外，我下次會小心點。」
「妳說話都不算話。」兒子鬆開我，鼻尖有點被凍紅了，麋鹿呀，這讓我想起聖誕節也快到了。「沒有鹿，不過有熊很想念妳。」
他冤枉我、使出窺心術後，從背包拿出熊寶貝一枚。我看到可愛的二兒子，那雙黑溜溜的眼珠好像快哭了，趕緊給熊寶貝一個愛的抱抱。
「媽媽現在就回家去，不怕不怕。」我哄著，直到繃緊的熊寶貝回到軟綿綿的狀態。
我剛站起來，阿夕卻猛然蹲下去。他拿出隨身攜帶的面紙，用力擦掉我鞋尖的污點，那顏色挺像是乾掉的血，聞起來不太舒服。
兒子睋起他的淺灰眸子，想從我身上看出什麼。就在這時，他的電話響了。
我在旁邊偷聽，是警察局打來的，會惹禍的他老媽就在附近，想必阿夕也很疑惑。說話聲斷斷續續，我還沒搞清楚狀況，兒子卻笑了。

上次有個偷走阿夕買菜錢的同學跪在我們家大樓門口，兒子也是這樣把冷笑噙在嘴角。其實他沒多大惡意，只是很滿意事情照他的計畫發生。

「媽，我們先去分局一趟。」

兒子把我忘記的那件大衣披在我身上，唉，被抓包了。

於是，阿夕騎車載我到附近的警察局。

凌晨四點，這種鬼也該睡的時間，警局裡還是鬧烘烘一片，我衝進去大喊「殺人償命！」沒多久，大家就安靜下來。

「對不起，她剛才受了點驚嚇。」阿夕把我拖到背後去，都不懂得媽媽想緩和氣氛的用心良苦。「我們接到電話，是那孩子的關係人。」

這一群大人裡頭，只有一個稱得上「孩子」的少年，一隻手被銬在窗邊，整個人蜷在警局長椅上，衣衫襤褸，好在室內還算溫暖。

那孩子臉靠在牆壁那邊，睡著似地，我看不清楚，可是那個身影，怎麼瞧怎麼眼熟。

「太好了，拜託你們處理處理，我們忙著執行公務，叫他不要再來搗亂了。」某個啤酒肚男人囂張說道，身邊還有幾個面無表情的隨從，從他誇張的描述聽來好像是建設局裡的官員。

兩旁還有社工和少年隊員警，似乎跟我一樣想揍這死胖子一頓，但都忍著不發作，只有阿夕不卑不亢站出來。

「再怎麼說，你都沒資格讓一個沒有實質犯罪的未成年少年在這種時候關在這種地方。」林今夕淡淡地瞧了死胖子一眼，死胖子的氣焰被兒子的威勢澆熄半盞。「而且，就我所知，他是個明辨是非的人，不會隨便無理取鬧。」

「你的意思是我錯了嗎？那小孩一看就是個混混，爸媽都不管了。我們在施工，他偏要擋在挖土機前面礙事，他弄壞我們多少機具你知不知道？我是看他可憐才不告他……」

「媽的，那塊土地動不得。」有道虛弱的嗓音打斷男人的怒罵，少年撐起身子，金色劉海落在異色瞳孔之間。「那裡有幾百個亡魂的安身塚知道嗎？你們這些畜生，要錢不要命。」

「你們看、你們看，他又開始怪力亂神，講這種沒根據的鬼話！」

我沒在聽死胖子窮凶惡極的屁話，只呆呆盯著金毛少年。他剛好轉過頭來，我們視線就這麼交會在一塊，定格十來秒。

「太好了，我們一直聯絡不上他的家人。請問你們是他的？」趁炮火被阿夕控制住，社工過來探問我們的身分。

「我不認識他！」我對那個可惡的臭小子大吼，害得死胖子忘記台詞，警局再度安靜下來。

「媽，別這樣。」阿夕趕來救火，可是這口氣我忍不下。

這幾個月，我抱著幾絲希望在公墓和高中之間跑來跑去，但連個屁都沒找到，唯一的解釋就是這小子用他的特異功能在躲我。

「他們跟我沒關係。」少年順著我的話說道，我聽了都快瞪出火來。「煩咧，跟你們說過我沒親人，我做的事，我自己擔。」

「校方說他逃學、打架鬧事，我們的人都能提出證明，這種敗類你們還不快點關去看護所！」

「你給我閉嘴！」我叫男人別吵，攬起袖子上前扭住小混蛋那顆金髮頭。「跟你說過不可以打架，你兩片耳朵都沒聽進去嘛！叫你不要染金的你還染得這麼醜！臭小子！」

「大姊，靠么，不要拔我的毛！」七仙死命掙扎著，但他正好被拴在長椅上，插翅也難飛。

「妳不是要裝作陌生人嗎？」阿夕等我打夠本，才一手拉一個，阻止家暴的進行。

「小七，不要逞強。」

阿夕的溫言軟語竟然出現反效果，七仙用力推開我，不知道在孤僻些什麼，他一直反覆說著「不關你們的事」，髒字中夾雜一點哽音。我真的很氣他不告而別，但又覺得這孩子太可憐了，他根本就不曉得該怎麼辦。

「拜託，他想住看護所就讓他住嘛！」我故意說給所有人聽，陰惻惻湊近七仙的耳邊。「聽說啊，那裡的人最喜歡玩小男生屁股了！」

「媽，不要亂造謠。」阿夕再次把我拉走，害我沒享受夠小七顫抖的樣子。

「這個瘋女人是怎麼回事，你們警察還不快點辦正事！」死胖子插話進來，我們母子倆同時狠瞪了他一眼，胖子就不敢再吭半聲。

清官難斷家務事，旁人有默契地不介入我們的世界，因為這個問題不開放給外人插手。讓這死小子流離失所好幾個月，是我不對。

「白目七仙，我再問一次。」我捧起他傷痕累累的臉龐，全力盯向他的異色瞳仁。不行，不能再這樣下去，好好一個男孩子弄得像破布娃娃一樣。

「妳再問幾百次都一樣啦！」不得不說，他這個死脾氣，眞像我。

容不得他拒絕，我低身抱緊他，想把他身上的風霜都融化掉。

「臭小子，都說我會養你了……」一不小心，我流下了一點點眼淚和鼻水，滴到混帳小朋友臉上。

有一瞬間，小七好像放棄掙扎，偎進我的頸窩，但他隨即跳起來，架住老娘的脖子，扯開我的後領，把他冰到極點的手伸進我的背脊。

阿夕皺著眉頭，喊住大驚小怪的觀眾們，過來試圖了解狀況。

「幹破恁爸，躲到膏肓裡去！」七仙收回手，爲的就是抓著我的肩膀大吼。「妳這個衰尾道人到底又去哪裡惹東西回來！要不是被我看到，妳絕對連骨頭也不會剩！」

「那你到底要不要跟我回家？」我想說趁現在問剛剛好，阿夕在旁邊嘆息一聲。

白七仙——我相信不久過後他一定會姓林，用一種修行之人堅定非凡的口氣起誓。

「老子要是想不開當妳兒子，絕對一輩子衰到死！」

□

「林之萍，妳又在發什麼神經？」

我一夜沒睡，對著上司媲美明鏡的禿頭補妝，於是老王抓著整疊文件往我腦袋巴下。

「包大人，民婦好像更年期快來了。」我擦了擦畫到耳邊的口紅，冷靜而優雅，這世上應該再也找不到這麼能容忍暴力的祕書助理了。

「我從來沒搞清楚妳在想些什麼！」

「承蒙大人厚愛。」老王總是不好意思稱讚我的氣度。「對了，我能不能請假回家睡覺？」

我問了，馬上跳離王祕書辦公桌三尺，正當我以爲合作十年的上司大人會衝過來踹我，老王卻睨著我不說話。

「妳昨天還好吧？」包大人審問道，犯婦林氏如實以對。

「你也知道我爸媽就是被聯結車輾成肉餅，我再看到一個男人變成肉醬也難免有點心理陰影。」我呼口氣，那畫面一直在腦海重播，讓我中餐的阿波肉醬麵只吃了三盤。

「妳說不定被煞到了。」

「討厭啦，包大人，人家才不是那麼隨便的女人咧！」我嬌嗔一聲，外面的同事們吐槽聲四起。

老王壓下臉上的青筋：「我是說，突如其來的死亡現場，有可能對妳造成不良的影響，就像一層影子罩在妳身上。」

我反射性瞄向自己的影子，四十年來都是黑抹抹一片，但在我回頭之前，隱約有個男人的身形重疊在我影子下。

「怎麼了？」老王撐起他碩大的身子朝我這邊探看情況。包大人平時除了排泄和總經理下詔，絕不會離開他的豪華眞皮椅，可見我眞的反應過度了。

「只是突然覺得你超帥的！」我燦笑以對，私事可不能帶進公司裡。

老王實在認識我太久，壓根不相信本人的胡扯。從他的私人抽屜翻找一番，拿出一枚金光閃閃、串著紅線的護身牌。

老王把牌子往我扔來，我雙手一接過，立刻感受金牌沉甸甸的質量。

「拿去，弄丟妳就死定了，這可以鎮邪煞。」

「噢，胖子！」我感動得都快要以身相許。

昨天那個欺負小七的男人是胖子，老王也是胖子，為什麼老王在我眼中就是有一種吉祥物的魅力呢？

「林之萍，妳只是靠著祖先積來的好狗運才混到今天，被那個世界纏上的凡人沒幾個人能全身而退。」

我安心呼了口長息，好在我是可人的天使，不是凡人。

「妳不要再以為自己背後長了純白的翅膀或是自認為仙女落凡塵，好好當妳的中年婦女。不能管的事就別管，不能碰的人就別搭理。光一個沒良心的養子就讓妳跑遍大小寺廟，也才勉強保你們母子平安，要是再多一個……」

老王今天卯起來碎碎唸，我都快招架不住了，但該拿的寶貝還是得拿。

只是他說阿夕沒良心，我不同意。以前阿夕還小，林家沒車，要是假日要出遊去收驚，就得動用到王胖胖的愛車。老王載著我和阿夕，翻山越嶺，風雨無阻，照理說身為當事人的林今夕應該和王叔叔說聲謝謝，但阿夕倔強的個性卻在面對老王時發揮得淋漓盡致。

「不准碰我媽！」小夕夕惡狠狠吼道，他平常其實很乖。

「你這死小鬼！」王包包咬牙罵回去，和小孩子一般見識。

這一大一小的私怨沒有來個三天三夜和一壺好茶，是說不完的。

「再多一個，我也是會養得白白胖胖，你就別擔心我的優良母親獎章了。」

我輕拍老王的肩安撫，哼著小曲回頭上工，簡簡單單把鬼影忘得一乾二淨。

□

辛勤工作了一天，下班時間一到，我把文件往老王手邊推，就拎著提包往外衝，叫屬下們掩護我，回頭還不忘對王祕書扮鬼臉。

家裡新養了一隻小男生，能趨吉避凶，笑起來很可愛，讓之萍小姐迫不及待，歸心似箭。

我門鈴連按三次，七仙才不情不願探出那頭白髮來應門。

「寶貝，你今天有沒有乖乖的呀？」

七仙穿著阿夕的帶帽毛衣，大概不怎麼曬太陽的關係，他比一般男孩子白上一些，經過我昨晚刷毛的行動，現在乾乾淨淨的，真不知道有多好。

他面無表情看著我，手裡抓著像是戶口名簿的東西，連破口大罵都忘了該怎麼做。

阿夕正好從廚房端著熱菜上來，對我露出一抹淺笑。

「媽，我都處理好了。」

「幹得好，大兒子！」我比出讚許的拇指。

七仙可能以爲來我家睡一覺就沒事了，沒想到被阿夕騙去吃早餐，就變成清新健康的林家人。領養的程序是很複雜，但我上次就計畫很久了，加上林今夕的強項就是行政效率及打通人脈。阿夕說小七弟弟坐沙發一整個下午還是接受不了這個既定事實。

「媽、小七，別怔著，來吃飯。」阿夕看來很高興，他每次爲非作歹完……不，是去執行正義與公理後，心情都不錯。

餐桌上再也不是母子倆稍嫌沉悶地對看，現在有我、阿夕、熊寶貝和七仙子。

「幹，這是詐欺！」

哦，他清醒了。

阿夕把滿滿白飯的碗遞過去，七仙雖然瞪著我們母子倆，用目光怒斥咱們卑鄙，但還是拿起筷子，自然而然像是一家人在享用晚餐。

「你們這樣是強制改變我的命數，會有報應。」小七愼重挾起滷菜中的海帶，小口小口咬著，好像怕吃完這個就沒有了。

「那也是以後的事，等我把你養胖點再說。」我看不下去，把桌上的菜色挾一輪過去他碗裡。

「雞八啦，你們兩個這麼帶賽，早就來了。」七仙低頭扒飯，他碗一空，阿夕就幫他再添滿一碗，吃到飽無限供給。「吼，你們不要一直餵啦！」

眞有趣，阿夕心中一定也有和他母親相同的感想。

「出了什麼事？」阿夕拿出深藏不露的大哥風範問道。

七仙的目光惡狠狠轉來我臉上。我摸了摸，奇怪，妝卸啦、沒飯粒，有什麼不對？

「妳身上有東西，本來我可以壓住，可是現在我看不到了！」

他吼著，把半碗飯擱下。經他這麼一提，我才發現他兩顆眼珠的顏色似乎變得比較均匀一些。

「要是妳出了什麼事，恁爸要怎麼賠一個痟老母給他！」七仙沉重比向沉思的阿夕。

「死囝仔，敢說恁老母神經病！」小七就坐在我旁邊，所以我拔他白毛拔得好順手。

「妳才不是我老母，我沒有老母！」

「才第一天進我家門就不孝成這樣，看你老母我怎麼教訓你！」

我和孽子打成一團。

「不要『老母』來『老母』去，坐好吃飯！」阿夕冷冷出聲了，沒有人可以得罪一家的大廚，媽媽我只好摸摸鼻子停戰。「小七，不要跟她一般見識（什麼！），來，多吃點。」

七仙還是站在原地，比起在陰森森的墓地遇到他那時候，待在這個沒風沒雨的屋簷下，他的表情始終沒有輕鬆一點，這不是我的初衷。

「它們……沒有地方可以去，公會要把王爺公遷走，至少我得跟去祀奉香火，我不能留在這裡。」

這件事情的起源是都市更新計畫，第二公墓要挖掉，建成某個政府機關部門。有些墓塚的後嗣、家人還在，補助費拿一拿，骨頭撿一撿送去別的靈骨塔祭拜；有的連碑銘都風化了，工程負責人不怕鬼怕麻煩，下令把那些無主墓連墳帶骨載去焚化爐燒掉。

那些工人就看著一個男孩子去追沒人要的白骨，像瘋子一樣抱在懷裡護著。但是太多了，來不及，大部分的遺骸早化成灰燼，混著垃圾的惡臭從人間湮沒。

聽阿夕說，那個孩子當時哭得很慘，因爲只有他看得到那個世界有多麼傷心。

「你又救得了多少？註定要消失的，誰也挽回不了。」阿夕冷淡說著，他並不是完全漠不關心，可是說到鬼就忍不住厭惡。

我看向七仙，從來不曉得一個孩子能有如此悲哀的神情。

「大姊，妳最好馬上跟我斷絕關係。」七仙深吸口氣，把情緒一口氣吞下去。

「不要！」我怎麼可能放著他一個人不管？

「無論如何，我一定要斬斷附在妳身上的孽根，而妳會干擾我的判斷，我必須離開這裡！」

他說得決絕，我聽得怒火攻心。

「阿夕，關門放熊！」

開玩笑，要是再讓他跑掉一次，我林字就砍掉一半姓土石流！

林今夕把熊寶貝放到七仙懷裡，如果敢拿掉或是跑到外面黑漆漆的地方，熊寶貝就會大哭不止。七仙沒想到我們林氏母子會使出這麼卑鄙的計謀，被阿夕硬生生拖去洗臉刷牙。

「老三，明天我陪你去公墓一趟。」我在晚安抱抱之前提議一下。

「媽的，誰是老三？」七仙猛然回頭，我指向阿夕、熊寶貝，最後才是他。「妳不要多管閒事！你是不會勸勸她喔？」

「有用嗎？」阿夕慘笑一聲。你老媽眞的那麼不値得信任嗎？「她任性妄爲的程度不是你能想像得到的，我當初甩開她的手幾百次，她就是有辦法牽回來，到現在已經放不開了。」

由今夕這個過來人來說情確實立場充足，而且他還把嗓子的魅惑能力開到最大，兩三句話便勸服小朋友乖乖住下。

「小七，明天我會準備三人份的早餐。」阿夕說得溫和，卻不容拒絕。

「我明白了。」小七硬是要裝作爲了早飯而不是爲了我留下，抱著他的舊衣服要去客廳睡沙發，卻被我和阿夕聯手攔下。他侷促地看了我們一眼。「幹嘛？我不習慣和別人共寢，那張高級皮椅借我躺就可以了。」那不是高級沙發，是大特價買回來的基本款。

「媽媽是很想和你一起睡啦，但家裡已經有你的房間了。」我深表遺憾，把小七拉到掛有綠色名牌的前客房。「裡頭櫃子和檯燈是善心人士捐獻來的，不過我買了新床墊，我在店裡試用過，彈性很好。」

想到展場店員一直從櫃台追過來，叫著「太太，請不要在床上跳舞」，就知道我在上頭花了多少心力，但我得故作瀟灑，才能營造無所不能的母親形象。

阿夕打開房門，先開了房間的燈，空間不大，但看在我們精心布置過的份上，將就一點吧！

「看起來好像是個家……」七仙喃喃道，神情呆滯。

「從今以後，就是你家啦，傻寶貝！」我揉著他那顆白頭，他也沒抵抗。

「這樣不對……很不好……不可以……」小七理智還在抗拒，但雙腿卻往他的房間走去。

「衣櫃竟然還有衣服，而且是新衣服，你們到底在做什麼？」

「你說呢？」阿夕抓著門把，往外走去。「晚安，小七。」

「小熊來，和小七哥哥說晚安！」我揮舞熊寶貝的爪子，祝你今晚有個好夢。

關上門前，我瞥見那孩子用雙手摀著臉，快要哭出來似地。

「晚安……」他微聲，帶了絲哽音回覆。

阿夕清脆地扣起門板，我才回過神來。

怎麼辦？看那孩子收個平常不過的禮物也得戰戰兢兢，一副我們隨時會反悔的樣子；他不是不想，而是不敢拿的樣子，著實讓我心頭揪起。

「阿夕，我明天眞要陪他去看墳，可以嗎？」

「那妳萬事小心。」阿夕還有很多話想說，但他都留在心裡，帶著熊寶貝進房。

我蹣跚回到自個兒房裡，在小被被上翻來覆去，計畫怎麼從老王手上請到假單，可能任務太過艱鉅，怎麼也睡不著覺。

依稀聽見開門聲，有人把我大開的兩條老腿併起來、拉好被子。唉，不得不說，阿夕眞是個百年難得的好兒子。

七仙也是個好孩子，好孩子是拿來疼的，不能讓他在這個世間受盡風霜。

半夢半醒間，我感到身體在飄，腳下一片冰冷。當我迷糊睜開眼，發現自己竟然赤腳走到另一個房間，小七在床上睡得很熟，枕邊壓著戶口名簿。

而我手上拿著刀，停在他的心口上。

此刻，從腳底竄起一股沁心寒意，我顫抖地把刀揣進懷裡，深怕傷害這孩子一絲半毫。我明明由衷喜歡這個嘴硬的小傢伙，但怎麼會有種強烈的恨意不斷從腦海釋出？告訴我要消滅這個雜種、殺他而後快。

水果刀被我冰在冰箱裡，連小七的睡臉也沒玩到，我急忙把自己反鎖在房間，一整晚都不敢再睡。

老天爺，您也要從我手中搶人嗎？

□

「早安，孩子們！」

一大清早，在阿夕、七仙打開房門之前，我已經穿著好媽咪圍裙，弄好充滿愛意的吐司夾蛋系列作品。

「媽，早。」雖然不動聲色，但我還是算出阿夕怔了兩秒才打招呼。

「大姊，想不到妳會煮。」七仙很快地被食物吸引過來，抓起吐司咬了兩口。

看起來還滿有精神的嘛，臭小子。

「噁，不好吃。」七仙大失所望，他可能誤以為阿夕的廚藝是我傳授下去，但完全沒那回事。

我抓著牛奶瓶敲下去，死小孩。就算敝媽媽十年來下廚的經驗少於五次，不過阿夕懂事前，我可是煮過將近三十年的泡麵。

「嗯，不好吃。」我咬了一口，得到和七仙同樣的結論。

但等我把廚房收拾好，兩個兒子還是把東西吃得乾乾淨淨，非常給面子。

「阿夕，我們今天要墓仔埔一日遊，要不要一起來？」當作家庭旅行之類的。

「不用了。」大兒子推了下眼鏡，一點也不想增加看到鬼的機會。「倒是你們千萬小心，我已經向有關當局施壓，但難保沒有白痴會過去找碴。」

「我沒有答應，妳不要跟來！」小七的意見很好，但媽媽不予採納。

我跟老王說「咳咳」、「咳咳咳」、「之萍紅顏薄命，下輩子再續前緣」，老王就把電話摔了，沒有戳破我裝病的謊言，很好。

路上小心。我們和去大學統治愚民的阿夕道別後，前往第二公墓。

冬天的白晝多陰偏冷，好在今天晴空萬里，我跟小七七牽著手，一起做著出社會以來變得難得的日間散步。

「大姊，很丟臉耶。」小七忍不住抗議一聲。

是嗎？我依然抓緊他粗糙的五指，享受寶物失而復得的感覺。

我們坐了一趟市內公車才輾轉來到目的地。公墓不再有公墓的樣子，外圈圍著冷冰冰的鐵柵欄，裡面挖得到處都是洞，只剩下盡頭一間小廟，懸著白燈籠。

七仙繞過無人駕駛的卡車怪手，一如往常巡視這片再也沒有任何居民的土地。我跟著他的腳步，前後左右走遍墓園，最後停在殘存的小廟前。

廟裡供著一尊木頭雕像，色漆都掉得差不多了。小七雙手合十拜了拜，過去撣下木雕上的沙塵，再從角落拈來一炷香，彈彈指頭把香點燃。

「哇，好棒的打火機！」我抓著他尋常不過的手指檢查，七仙也不反抗我，只是一直盯著陳舊的木雕。

「王爺公，土地爺也走了，您也跟我走吧？」七仙就像跟長輩說話一樣，懇求台上的木頭雕像。

木雕屬於男人的面容始終平靜，就像塊普通木頭。

「他回你什麼？」我什麼都聽不到，我很好奇。

七仙垂下眼，誰都看得出他的沮喪。

「我沒守住祂的轄區，鄭王爺不想要我這個義子了……」

老實說，看他快哭出來又忍著不哭，實在怪可憐的。媽媽我義不容辭來安慰一下，用力搔著小七七的白髮。

「傻瓜，誰捨得不要你？」像我就覺得軟軟的、逗一逗就有可愛反應的男孩子，怎麼看都是萬中選一的小寶貝。

七仙低著頭，比向小廟外的石階。

「有啊，我生母就是把我扔在那裡。」

這是我第二次聽到這樣的說法。當初我把阿夕從土堆中扒出來，他說，動手埋他的是一個應該稱作「媽媽」的賤人，嗯，反社會傾向相當嚴重，幸好後來校正回來。

「是我轉世的時候要求閻王讓我再見無緣的母親。早知道會讓她那麼痛苦，不應該出現在她生命裡。」

「對呀，應該讓我生生看才對。」我是發自內心遺憾著，卻被七仙施以後膝怒踢。

「混帳，打老母等著被雷劈吧！」

「幹，就說妳不是我老母還硬要講！要不是妳是人類，老子早就收了妳這妖孽！」

我架住他的脖子，他在發育期，和我差不多高，旗鼓相當，一不小心就會扭打起來。不是我故意破壞他的傷痛，只是他比較適合陽光與笑聲。

等他把我踢飛的涼鞋從屋簷間撿回來，我們又言歸於好，差不多可以討論中飯要吃什麼了。

「大姊，總之，我不是一般人養得起的，連我老母都受不了，算我拜託妳放手……」

「排骨飯好了。」三條街外有間不錯的老店。

「……妳給我滾！」

「男孩子凶巴巴的話，可是交不到女朋友的！」

像是爲了反駁我的話，小廟外邊傳來清靈的女聲。

「阿七，好久不見。」

半倒的石碑上赫然坐著一名紅鞋少女，捧著右頰甜甜笑著。

我來不及問東問西，七仙就把我推到背後去，警戒瞪著可愛的小美人。

「妳來幹嘛！」

紅鞋少女饒富興味地打量我一番，然後敲了敲手中的硃砂筆。

「沒想到你喜歡年紀大的，喲喲。當然是來找你呀，我想公會發的帖子大概都被你燒光了。」

「紅綢，就算你們跟陸家一群人打到死，白派也不會偏袒任何一方。」

「可是你的能耐當守墓人太可惜了嘛。」女孩露出大大的笑靨。

七仙目光有些沉下：「你們就是因爲這點，才放任這裡消亡？」

紅鞋少女歪著腦袋，不置可否，晃晃雙腿。

「阿七，冥世那邊出了個大紕漏喔！」女孩高興說著。

「關我屁事！」七仙的怒意直線上升，他好像很不喜歡女孩這做生意的語氣。

「有呀，被鬼養大的你是我們和陰間交流最好的人選，要是能趁下面群龍無首的時候介入權力中樞，到時……」

女孩一個小跳步，頓時來到七仙的身旁，對他咬耳朵。

「冥界有一半就是我們的了，嘻嘻！」

「嘻妳媽的！」七仙從胸前拉出大刀，一把往女孩劈下。

女孩沒變成兩半，斷的是筆，本人還好端端做出一個俏皮的鬼臉。

「你一個人怎麼抵抗得了時勢呢？呆瓜阿七。」

女孩在原地跳了兩下，朝我們揮揮手，然後消失了。這些特異功能者都喜歡來這套。

空氣殘留女孩的淡香，平心而論，如果滿分是五，那紅鞋少女可是有四．八顆星的小美人，我家的小七眞不簡單。

「大姊，我知道妳在想什麼。」七仙冷冷打斷我的妄想。「先不論那朵花有多毒，我門派禁女色。」

我轉過臉，不可置信指向矮了點但人模人樣的小七七。

「阿夕都像個和尙了，你還跑去當道士，你是要我林家絕子絕孫嗎！」

「莫名其妙，我早上輩子就是道士了，加一加比妳還大！」

「不准不准，你給媽媽我還俗！」我要當阿嬤，我要抱孫！

又打了一架，這次涼鞋飛到神像上頭，七仙爬上神壇把鞋子撿回來，對小廟的主人再三道歉，講一講，突然對神像垮下臉。

「王爺公，別笑了，要我認這種女人做老母，還不如宰了我。」

唉呀，看樣子，木雕和小七之間的冷戰結束了。

「我不會丟下您老人家的，您等著，我會找到給您靜養的地方。」

鄭王爺的來歷我略有耳聞，是位戰死的英魂，後來人家立祂來看管當時的亂葬崗，這片墓地就不再有亡靈騷擾生人的事件發生了。

「大姊。」七仙端正站在神像尊前，我靜下來聽他說話。「我生母把我的命賣給這裡的廟公，那個男人是公會流放的雜碎，不學無術，用我的法力去拐騙女信徒，好幾次差點被他得逞。」

「就是叫你豬狗不如的那個人？」有機會我一定要揍揍看國文程度這麼低落的男人。

「每次我破壞他的代誌，都是王爺公護著我，那個人就去公會說鄭王爺是邪怪，不給祂修厝，壞祂眞身。」

爛男人！我在旁邊氣呼呼揮舞拳頭。

「可是學校老師都只會看戶口名簿，我討厭什麼現代化作業，那個雜碎才不是我爸爸，鄭王爺才是我乾爹……就只有蘇老師沒有笑我。」

七仙抿住嘴，在他話裡藏著十幾年的委屈都被他關回喉嚨裡，我搔亂他的頭髮，在我身邊不用僞裝堅強也沒關係。

「對了，蘇老師呢？」

「蘇老師調職了……」七仙欲哭無淚說道，那是在我之前，唯一會好好聽他說話的長輩。

對嘛，我就想爲什麼有那個好男人看守，這小子還會去逃學？

「沒關係啦，現在有大姊還有阿夕在呀！」我們會是很美好的一家人，我會讓他明白這一點。「啊，乾脆把鄭王爺搬到我們家好了，這樣白天就有人可以陪熊寶貝，他又是個好男人……好男鬼，這樣不是很完美嗎？」

王爺牌打得不錯，我看到七仙明顯動搖一下。

七仙搖搖頭，對木雕神像再拜了拜。

「大姊，我說了，我已經被『賣掉了』。妳沒遇過壞人，我也不想妳碰上。」

□

當晚阿夕蒸油飯，小七和我大吃特吃，因爲中午那家排骨店沒開，差點餓死我們母子倆。

隨著夜色愈來愈深，我裝腔作勢的表面工夫快被不安打敗。好不容易才教會小兒子上床前要和大家說晚安，我死也不要放棄。

但是人家還是好害怕。

三更半夜，被老王電話炮轟完以後，我躡手躡腳來到隔壁房間，無聲轉開深綠色的房門。今夕開檯燈在看書，燈光映著他的側臉，總覺得世上沒有任何東西有權叨擾他。

除了他不中用的老媽。

「小夕夕，媽咪跟你一起睡覺覺，好不好？」我扒著門板，一副需要好心人士領養的樣子。

林今夕看向媽媽我，露出一點無奈的表情，隨即去我房間把厚被子全抱過來，他在床下打地鋪。

「媽，爲什麼冰箱裡會有水果刀？」糟糕，我忘了拿起來。

大兒子早發現不對勁了，眞虧他能忍到現在才問我。

「阿夕，要是我目露凶光走下床，你就馬上打昏我。啊，乾脆你拿倉庫的跳繩把我捆起來好了。」這個主意眞是太有創見了，可是阿夕卻抖了下嘴角。

「媽，如果小七聽到妳唉唉叫進來，我要怎麼跟他解釋？」

好害羞喔，媽媽只是和你大哥在玩祕密的遊戲啦！……嗯，厚臉皮如我，也無法辯解。

我跟阿夕大致說了昨晚以及白天公墓的事，其間阿夕拿下眼鏡，擰了擰英挺的鼻梁，可見連他也認爲很棘手。

「妳做什麼我都不反對，只要不傷害到妳自己。」阿夕看向我伸出棉被的腳趾頭，九缺一。對日常生活又沒多大影響，可是他一直耿耿於懷。

「兒子呀，就算我們感情再好，你也會有話不想告訴我吧？」我把被子捲成一團，過去撞一撞阿夕的椅背。「你不太相信人，心裡話憋著憋著可是會生出病來。小七他是個難得能夠和你同樣視野的孩子，當兄弟剛剛好，你不討厭他吧？」

「妳很喜歡他吧？」林今夕反問道。

當然，勢在必得。

「阿夕，你不要吃醋吶！」

兒子勾起微笑，昏暗的燈火下特別迷濛。

「林之萍喜歡吃嫩草。」

「好呀你，竟敢調侃你老媽！」我要使出棉被衝擊波了！

阿夕大笑把我壓回床上，哎呀，這一刻我忍不住想，咱們母子倆有多久沒有這般親密的舉動了？

突然間，他像是遭到雷擊一樣收回手，我嚇得跳起來，趕緊上前檢查寶貝兒子怎麼了。

「媽，脖子。」林今夕很快恢復冷靜，指向我的領口。

我順著紅線拉起剛剛才戴上、老王給的鎮鬼金牌，再看看阿夕，七手八腳扯下傷害我兒子的東西。

「不要拿下來，它能保護妳。」阿夕反覆掐著受創的左手，怎麼看都覺得痛得半死。

「可是……」

「聽話。」

「哦。」不可以隨便忤逆大兒子的命令。

我被強迫睡覺，阿夕打開他的筆記型電腦，我偷瞄幾眼，和他課業沒多大關係，其中有張猥褻男人的照片，眼熟得很，可是實在想不起來。

好無聊，我枕在床頭，轉了轉欺負我兒子的金牌，金牌閃動間，沒看見我悶悶不樂的臉，而是出現一個男人，面容幾近血肉模糊。

太好了，林之萍三十九年來潔白無瑕的人生見到了第一隻惡鬼。

然而，阿夕正巧轉頭過來查勤，裝睡贏過了我的恐懼。我一閉上眼睛，身體就愈來愈沉，可是只要想到和小白兔有得拚的小七七，老娘的意識就算狗爬式也要游上去。

然後我聞到了酒臭，以及噁心的腐敗氣味。我看著，卻不是眞的睜開雙眼，有個男人的輪廓在我身上載浮載沉，貪婪嗅著這副肉體。我頓時明白阿夕和小七的苦處，這隻鬼讓我想吐出兒子的油飯。

我聽見阿夕嘆息一聲，把房間唯一的燈源關了，從書桌走向床邊，望著發不出聲音的媽媽我。

「你，滾出去。」兒子睥睨我的樣子好帥。

我聽見「我」笑了聲，猥褻到極點，這不是有美音天使之稱的我。

「那就把命還來！」男鬼嘶啞大吼，這就是傳說中的厲鬼索命嗎？「他害死我，老子絕對不讓他好過，狗雜種！」

「這樣，你就滿意了嗎？」阿夕居高臨下審問男鬼，鬼縮了一下，想到手中有我這個把柄，又囂張起來。

「我要這個女人陪葬！」

拜託，講話就講話，別把我的手移到我胸部上。

大兒子的臉色明顯陰沉起來。

男鬼猙獰叫道：「要怪就怪你們自己，誰教你們把他領進門，我要你們家破人亡！」

□

翌日，早起伸懶腰，睡得好飽，被窩暖烘烘的，再讓我滾一下。

滾完，我坐起身面對現實。首先，昨夜男鬼和阿夕之間的談判到底結果如何？從我印象中最後一個畫面判斷——大兒子不顧親子之情往我腦袋卯下一拳，雙方應該是不歡而散。

再來，我記得昨天是睡床啊，怎麼醒來會在地鋪上？那睡下面的小夕夕有沒有躲過我致命的一擊？真相究竟如何？

於是我興匆匆開門去找正在下麵的阿夕，正巧對面小七也醒來了，單手抱著熊寶貝，顏色不一樣的眼珠裡有著相同的惺忪。

「啊啊，我的小白兔——」我下意識撲過去，沒法子，我就是覺得他很可愛。

「幹幹幹，一大早妳發什麼神經啊！」七仙側身閃過，從房間一路躲到客廳，再從客廳跑到廚房妨礙阿夕工作。

最後還是得靠今夕一手一個把我們分開，才結束這場惡鬥。

「小七，你先去洗臉。媽，妳快遲到了，但妳還穿著睡衣。」大兒子不愧是我們實質上的一家之主。

七仙乖乖地往後走了兩步，才驚醒般抬起頭，又捧著熊寶貝沉默兩秒，然後像是抱著必死的決心，轉身回來。

「那、那個什麼爛房間，床那麼軟，睡得老子骨頭痠痛。」

我跟阿夕都怔住了，他的反抗期也來得太突兀了吧？而且聽起來心虛得要命，還不敢看我們的眼睛。

七仙看我們沒什麼反應，似乎更緊張了。放著他在原地傷腦筋，我去換衣服，阿夕則是把熱騰騰的細麵分裝成三大碗。

我只要有食物當誘餌，五分鐘就能美美地出現。阿夕偷偷告訴我，他經過小七的房間瞄到打包起來的小小包袱，裡面只有兩件帶來的破衣物，他順手「撿起來」，已經拿去當抹布了。

「兒子，你完全犯罪了吧？」

「媽，我這是關心。」林今夕面不改色地說。

至於昨晚的事，不會有那個福分讓想離家出走的死小鬼知道。

七仙等我們回來，才對著他的空碗吐口水。

「難吃死了，呸呸！」

「臭小子，你怎麼吃那麼快！」我還想偷吃他那份耶！

「媽，妳讓他下不了台。」

七仙整個身子都繃起來了，河豚遇敵也這樣。

「老子就是嫌棄這裡，漏水的地方還用小星星貼起來，晚上會亮亮的，像眞的一樣（喜歡的話，我買一包給他布置房間）……反正，就是看你們不爽……」

他愈說愈小聲，腦袋垂得不能再低，看樣子，他的壞人語彙到極限了。

阿夕忍不住拍拍七仙的頭，我也過去摻一腳，兩個人一起揉著那頭白髮。

「媽媽聽說，說謊的人到陰間可是會被割舌頭。」

「一截一截地割。」阿夕溫柔補充。

七仙倒吸了口氣，可見他其實很喜歡這個家，超愛我跟阿夕的。

「小七，你今天就待在家裡好好想想吧，我不會逼你，我只是想給你幸福。」

□

雖然出門的時候很帥，但我心裡沒一個底，心煩意亂，因此老王說要處罰我曠職，六日兩天都要加班不給薪，我也給他答應下來，眞是太悲傷了。

撐到關鍵的下班時刻，我給阿夕撥了通電話。當手機通話的同時，他卻已經出現在我公司大門口，捧著兩頂安全帽，機車蓄勢待發。

母子連心啊，一路上我都感動不已，直到施工中的第二公墓映入眼前。

「阿夕，很多嗎？」日漸黃昏，我望向遼闊的墓仔埔。

「很多。」兒子眯起眼，臉色不佳。

「那你待在這，我去。」我拎起空背包，捲起兩邊衣袖。

「不行，妳感覺不到。」阿夕抓起我的手，一步一腳印，小心翼翼往陰間夜總會走去。真懷念，他小時候都會抓著我的手指睡覺。

「說來聽聽嘛。」我可以試著分擔。

「它們在求情，它有話要說。」阿夕簡短表示。

可是上次來，小七找來找去都沒有見到這裡的鬼居民。

大兒子停下腳步，停在鄭王爺的小廟前，不知道是我人老眼花，看起來比昨天白天還要破上很多很多。

「放肆！」

阿夕突然厲聲大吼，媽媽我也不由得嚇了一跳。兒子冷峻的模樣過了好久才回復一點溫度。

「值得嗎？」阿夕又問，對著木雕神像。

我想起七仙的話，王爺公對他百般照料，什麼事都會護著他。

阿夕叫我讓開，他推開木桌，用缺腳的板凳搗開神壇，我趕緊接過險些落地的神像，接著惡臭撲鼻而來。

那裡擺了個大陶甕，上面的木蓋貼滿黃符。阿夕遲疑一會兒，他不方便我就幫忙撕一撕，臭味又更重了。

我們合力推開木蓋，對不起，我應該請警察局過來處理才對，裡面用排泄的穢物泡著一具女屍，它的嘴裡塞滿白色的絲線。

我第一次看到阿夕在發抖，氣到發抖。

「怎麼了，今夕，你還好嗎？」

林今夕把蓋子蓋回去，看似冷靜下來。

「媽，這只是有人對屍體的惡癖而已，跟殺人沒有關係。」

我不知道他是不是想讓我安心才這麼說。

「鄭王爺拜託你破案嗎？」

「不是，祂求妳把小七搶回來。」

□

我們從公墓回來，一進門就聽見屬於男孩子的笑語。

客廳被徹底打掃過了，小七坐在沙發上摺衣服，揹著熊寶貝。不知道爲什麼，我這麼一個隨性的母親，小孩子養一養都會變賢慧，大宇宙不可思議的意志啊！

「一二三四——五！沒錯，右邊有五根指頭，現在換成左邊……對呀，左手也有五根手指喔！」

小七正在扮演數學老師的角色，教育對象是毛茸茸的熊寶貝，一邊教一邊輕晃著趴在他肩上的熊熊，這個畫面溫馨到媽媽我快哭了；而阿夕沉默地抖動兩下，可能是在憋笑或者同情某人一輩子也當不了壞人。

「那我們要進階到難題了，右手有五根，左手也有五根，右腳左腳各有五根腳趾，那一個人總共有幾根指頭呢？」

「三十九根！」我華麗登場，過去蹭著軟軟的熊熊和小七。

「那是妖怪了吧？」七仙把熊推回我手上，掙開我的懷抱。

「我們買了美味的燴飯便當，你、我、阿夕都是綜合海鮮，熊寶貝則是奶茶。」我叫阿夕搖一搖手提袋裡的晚飯。

「不夠我再煮宵夜。」大兒子非常清楚這家人的食量。

七仙盯著飯盒，我以爲他在質疑商家信譽，沒想到他卻說他要走了。

「以後不用再多準備一份，我沒你們想得那麼沒用，我會照顧自己。」

「好吧，如果這是你選擇的路，你就走吧……開玩笑，你以爲我會答應嗎？戶口名簿白紙黑字，媽媽我要是放任你回去睡破廟，會被社會局判人道死刑。肉在砧上，由不得你。阿夕，上！」

七仙被阿夕架住，阿夕身上有我偷渡過去的熊寶貝，小七不敢放手一搏。

「靠么咧，妳不是說給我選嗎？」小七還在臨死掙扎。

「那是場面話呀，你活十七年還不懂人心險惡嗎？咯咯咯！」林之萍呀林之萍，妳眞是個罪惡的壞女人！

「小七，她只是在耍脾氣，因爲你拒絕她太多次，她有點難過。」

阿夕，不要在這種時候進行心理剖析！

七仙看向我，我露出凶惡的獠牙，他就對我翻白眼。我養的兒子都直接吐我槽，這難道也是大宇宙的意志嗎？

「大姊。」小七沉聲喚著我，後面大概會出現他想好的藉口。

「停，你看我帶了什麼禮物給你？」

以防他又憑空消失，我還是切入正題好了。我打開阿夕身後的背包，把木雕神像拿出來，恭敬端在掌心。

「從今以前，鄭王爺就是我們林家的守護神了！」媽媽我鄭重宣布，不意外看到小七瞪大的雙眼。

「王爺公？」他低叫一聲，隨即急切跑在我面前。「為什麼我感受不到祢的氣？祢是不是又做了什麼？我說過不要再這樣，我什麼都不需要！」

我以為小七會很高興，但卻讓他好傷心，害這孩子一聲一聲抽氣，卻哭不出淚來。

「它已經是風中殘燭，你那個公會不可能收它去祭拜。」阿夕提醒一聲。

七仙低著頭，往我伸手，我把缺了腳的神像給他，看他顫抖地捧進懷裡，「撲通」滑跪下來，我來不及扶。

小七的臉不停摩挲神像的底座，自責著、悲嘆著，把木頭當作非常親近的長輩看待。

阿夕拉住我的衣角，阻止我任何行動，他說，會有「人」勸開小七。

果不其然，沒多久，我便聽見七仙有精神地對木雕神像尖叫。

「您要安身在這裡？……您老人家已經虛弱到頭殼壞掉嗎，哪裡有漂亮的好女人？疳查某倒是有一個！……大姊妳走開，不要扯我耳朵，我在跟王爺公說話！……啥伙？她那麼老又瘋瘋癲癲，不溫柔又隨便，祢是目珠擱到蛤仔肉吼！」

阿夕拉走他暴怒的媽媽，我一定要宰了這個死小孩！

「您哪裡都不去？可是我、可是……」

七仙抬起頭來，想要確定些什麼。拜託，有什麼好猶豫的，給我養就對了。

「我眞的可以待在這個家嗎？」

「是啊。」

「大姊，我不是問妳。」七仙用殺傷力不高的泛紅眼睛瞪我一眼。

「王爺公說：『七七乳加，沒錯，林之萍是個好女人，你就認她當媽媽吧？』拜託，我沒有通靈耳朵也知道祂的心意，你還在拖拖拉拉什麼？『林明朝』！」

七仙頓時像是被雷劈到，震了一下，然後又萎靡下去，對我比中指。啊啊，這個不孝子。

「抱歉，我已經試著阻止她破壞氣氛。」阿夕再次把我拉離兩步。「而且你們把小弟嚇壞了。」

熊寶貝不知道什麼時候落在地上，一點一滴往七仙爬去，直到熊爪子壓住七仙的褲管，不要他的小七哥哥離開。

「好啦，莫哭啦！」七仙自暴自棄抓亂他那頭白髮，揹起熊寶貝，一方面把神像端到茶几，磕上三個響頭，再從衣服堆裡找件黑襯衫出來，包好他的王爺公。「我明早再開壇安您，您先睡一下。」

接下來，是不是該輪到我啦？

「大姊。」

「我知道，我都明白，我快餓死了，咱們開動吧！」

「算了。」七仙直接轉向阿夕。「我就暫住下來，請讓我再叨擾一陣子。」

「歡迎。」阿夕微微一笑。

這一頓吃很平常，除了阿夕去弄了一個超級豐盛的水果拼盤，吃到我們腆著肚子攤在沙發看電視。我閒著也是閒著，乾脆來捏一下小七的腰。

「很好，有長肉。」

「大姊，這是性騷擾！」

阿夕在旁邊坐得筆直，偷偷拉好靠我這邊的衣襬。

一直到睡覺時間，七仙在他房門前徘徊良久，眞像隻迷途的小白兔，讓我認眞考慮是不是要把他抱回房裡餵一籃胡蘿蔔。

「媽媽、大哥，晚安！」

「碰」地一聲，門關上了，而我還沒反應過來。

「阿夕，他剛才說了什麼？」

今夕一臉遺憾，不過嘴角卻翹得老高。

「媽，眞可惜，他這輩子大概不好意思再講第二遍了。」

「賤人！」

夢裡，我聽見男人氣急敗壞罵著。

「哎呀，先生你認錯人了，我是『母親』。」

清早的陽光特別明亮，總覺得這是個溫暖的好預兆。我找件能遮住脖子勒痕的高領襯衫，笑容滿面去見我的孩子們。

一進客廳就聞見薰香，木雕神像已經安置在舊梳妝台上；斜看過去，沙發垂著兩隻腿，我悄聲接近想給他一個驚嚇，卻在看到小七七的睡臉時怔住了。

黑髮，穿著白上衣格子長褲的學生制服，七仙看起來還滿像一般高中生，特別是阿夕大學隔壁那一間。

「媽，早安。」阿夕其實就在餐桌那邊倒牛奶。

「喝啊，這是？」我指向打盹中的小七七。

「他原本的學校太爛了，我給他弄個新學籍，不過校方不接受奇怪的髮色。」阿夕把需要大費周章的事輕描淡寫過去。「他天沒亮就起來作法，妳別去夾他鼻子玩。」

我扼腕地縮回右手。

吃過飯，我們林家今天就要出門去上班上學。阿夕把哭著追出來的熊寶貝安撫好抱回公寓，七仙坐在他大哥的機車後座。

「小七，要好好唸書，不要學媽媽我在老師座位裝按摩棒戳他們屁眼吶！」

「誰像妳那麼無聊！」

然後，阿夕抓著機車鑰匙衝出來，我知道快遲到了，但就是想看著他們平安出發。

突然，大兒子經過我的時候扯開我的後領，我趕緊做出噤聲的手勢。

「回來再跟妳算帳。」

阿夕拋下像是阿娜答捉姦在床的耳語，一把跳上他的黑色一二五，拍了拍小七的膝蓋，油門催下，人車揚長而去。

路上小心，孩子們。

「大姊，快去工作！」七仙回頭大喊，我揮了揮手，直到看不見彼此。

我撥了通電話，接到老王辦公室。

「林之萍，拒絕一切要求，妳給我十五分鐘內現身！」

不太妙啊，包大人很生氣。

「嘿，是這樣啦，幫我叫救護車……」

眼前一黑，我昏倒在自家門前。

□

那孩子，是老天爺的人。

昨天從公墓回家之前，阿夕轉述了鄭王爺的話。

當初，祂一見到那個神經衰弱女人帶來的孩子，就知道他的不尋常，而管理這片墳的男人也看了出來，用花言巧語換得那孩子的所有權，連賤賣也稱不上。

孩子的母親幾近狂喜地扯出掛在脖子上保她七年安康的救命符，換得神棍男人手中的驅邪符。她一點也不懂那是她的親生骨肉用自己的魂魄做代價，爲她一筆一畫寫成的珍寶；而男人給她的黃紙只能驅散母子間的恩情。

小孩就這麼被留下來，男人替那孩子取了「名字」，當作大發利市的工具。這片墳的名聲曾一度傳開，因爲不管來求助的信徒有多棘手的事情，那孩子總能迎刃而解。他不畏鬼神，且通曉天地的道理。

漸漸地，他的才能讓男人感到眼紅，不須艱困的修行就得到上蒼的厚愛，這讓怨天尤人一輩子的男人找到一個可以報復上天的對象。

鄭王爺隱隱感到事情不太對勁，但這是陽世的事，陰間的祂不好插手；而土地神那邊已經明令不可管事。墳地的鬼魂們倒是很高興，它們得到的香火變多了，還能汲取那孩子身上若有似無的仙氣。

祂覺得那孩子也察覺到男人的惡意，祂勸他應該在男人下手前，快點離開這片只會侵蝕他的陰地。

「要等媽媽來接我。」那孩子只是倔強地回答。

什麼半仙、活菩薩轉世，加給他的稱謂都變得可笑，在祂看來，這不過就是個孩子。

後來，那男人做了令人髮指的歹事，喪心病狂，把「那東西」放到神壇下，對祂張狂笑道：

「我要慢慢耗損你的道行，讓你變成個破木頭！不然你告訴他呀，叫他把裡面的東西拿出來看看！」

祂怎麼忍心說破？兩年、三年過去，直到法咒成形，那孩子就算明白他的母親再也不會出現，但也走不了了。

學校來的女老師被男人以猥褻的手段趕走，公會派人來調查，但也不明事理，聽信男人的謊言，把這與眾不同的孩子當作禍害。

男人安置好一切，開始大肆斂財，對於有姿色的女性更是上下其手，那孩子對他養父勸了又勸，卻換來幾個巴掌。

「囂張什麼，你只是我養的狗而已！」

「朱逸，修行之人比常人更應明白世間正途，你偏要逆道而行，天容你，我不容你！」

那孩子有時候正氣凜然得教男人害怕，也讓男人愈加痛恨。

於是，那些慕名而來化解小病小厄的人全都失望而返，這片墳的名聲一落千丈，男人一無所獲；而那孩子被周遭人類咒罵「騙子」、「說謊者」，寧可揹上神棍的罪名，也不願助紂為虐。

男人氣急敗壞，往往喝過酒就是一頓毒打，那孩子會逃，不過逃不了。

「朱狗！」男人大喊，那孩子只能任他宰割。

他總是奄奄一息蜷在神壇腳下，似乎冥冥中感應到祂底下有的是什麼。祂已經搞不懂老天爺是疼寵這孩子，還是要置他於死地。

即使如此，那孩子的眼眸依然過分澄清，課餘做著那混帳男人該做的本份，誦誦經、撿撿垃圾，以資源回收換口飯吃，還誠心感謝王爺公保佑。

某天，祂領地的幽魂們齊齊跪在台前，向上呈報。

「王爺大人，咱們想照顧他。」

「鬼就做鬼該做的事，少來了你們。」那孩子好不容易才笑了這麼一下。

說起來也是諷刺，比起血肉做的人們，沒有心腸的鬼魅待他溫柔多了。

男人的虐待從來沒有停止，身體上的、心靈上的，有時那孩子還會用符把傷處貼著不讓祂發現，叫祂不要碎碎唸，這是人世的事，他應付得來。

日子就這麼過下去，直到兩年前的冬日，那孩子摀著滿臉鮮血，跌進廟裡昏死過去。

那男人抓著利刃，要挖他雙眼賣錢。

「你不是想當普通人家的小孩？我現在就成全你！」

那個豬狗不如的男人，徹底觸怒了祂和遍野鬼魅，雖然說他是陽間的人，但鬼要人命，也不是那麼困難。

那孩子休養好一陣子才再度看得見東西，等他痊癒，這片墳不再有男人的蹤跡，大家一起瞞著他說男人被警察抓去吃牢飯。

實在話，那孩子還滿好騙的。

男人走了之後，這片墳過上一段平靜的日子，即使是毀滅前的平靜，眾鬼和祂也心滿意足。偶爾會受到公會的騷擾，那些術士終於發現錯失了什麼寶物，想要接走那孩子，都被他動口動手轟回去。

那孩子的命太重了，普通的善心人家福份不夠，養不起，倒不如把小孩留在這裡，就不用擔心人世的人來傷害他了。

直到一位天仙下凡，出淤泥而不染，氣質與智慧並茂的林之萍小姐闖進第二公墓（阿夕：媽，請不要隨便加話），瓦解了它們對他脆弱的保護網。

鄭王爺說，孤苦伶仃對小七未必是壞事，我這個老媽有可能會陷他於萬劫不復之地。可是七仙上次領了最後一餐，分作好幾天慢慢吃完，就算很好吃，也不敢像在家裡那樣大吃大喝，因爲吃完了，就再也沒有了。

祂看了好心疼。

王爺公說祂是鬼，想得沒有眞正的神祇那樣遠大。而祂想了很久很久，祂只想要祂的孩子不再挨餓受凍，有人好好照顧他。

前些日子，已經完成那件事了，而祂再也沒有餘力保護那孩子。如今，祂能託付的人只有美麗溫柔的林之萍小姐，無法給我任何報酬，唯一能做的就是透過阿夕的傳話，不停不停地懇求我。

我說呀，鄭先生，別這麼見外，小七七都是我們的孩子嘛，你現在才說養了會兩敗俱傷有什麼用？要老娘放手？我林字就種一棵樹變森林遊樂園！

□

我醒了，聞到臭臭的藥水味，旁邊有個禿頭中年男子起身按鈴，白袍醫生趕來，看我正忙著吐舌頭扮鬼臉，鬆了一大口氣。

「妳可能壓力過大，要多休息。」醫生開出查不出病因的處方箋。

「她壓力大？」老王怪叫一聲，我在床上裝虛弱，附和醫生大人的話。

「先生，要多關心你太太。」醫生拍拍老王的肩，我猛點頭來加深誤會。

醫生走了，可愛的護士小姐走了，那我的死期也差不多到了。

「妳沒有年假了，等著跟總經理去大陸過新年吧！」老王表情猙獰，隨時都會動手掐死我。

「包大人，民婦冤枉啊，民婦家裡還有三個小的嗷嗷待哺！」我的新年新希望早就想好了——放長假，玩小孩。

老王擰著眉頭，我去倒茶給他喝，諂媚一下。然後不小心和旁邊病患聊起來，講了大概十多分鐘，人家就送我威士忌禮盒。

「老王，別悶著臉，來來，喝酒澆愁！」新鮮的尚讚！

「妳給我正經點！」包大人吼人了，所以我正襟危坐起來。「妳是我看過唯一車禍兩個禮拜就活蹦亂跳的女人，體檢總是公司第一名，怎麼會無緣無故倒下去？」

「王祕書，別這樣啦，我也老了呀！」我不是存心給他添麻煩，但好像避免不了。

「林之萍，總經理要找接班人。」

「老王，恭喜你！」我熱烈鼓掌，眞是個普天同慶的消息，誰都知道總經理伯伯最喜歡中年發福的老王了。

「誰都知道他老人家最中意的就是妳這個白痴，妳就不能拿出點雄心壯志把整間公司拿下來嗎！」

這太可怕了，我只是個虛弱的病人，我什麼都沒聽到。

「這個、那個，我小兒子還在唸高中，他需要我在他身邊。」

「妳以爲每個人都能當大公司老闆？機會難得！」

話雖沒錯，可是我遇見小七難道不也是千載難逢的緣分嗎？

「志偉，你別看輕自己，雖然不得人緣，但你升官，我一定會幫你。」我對老王笑了笑，被子一掀，把高跟鞋裝回腳上，要跟著外面的人潮去趕下班公車。

「林之萍，妳給我回來！」老王這個胖子，帶著電腦、手機還想追上我的腳步。

「不要告訴我的寶貝們，謝啦！」我抛了記飛吻，邁步往家的方向衝刺。

小時候爺爺最疼我了，家裡明明伯伯姑姑那麼多，卻只有我一個小晚輩，總有享不盡的寵愛。我還依稀記得爺爺把我抱到大腿上，把我可愛的小臉仔仔細細捏過一遍，說我富貴滿天，無病無痛到百歲。

可惜，爺說到我嚥氣那刻，沒有人能抓著我的手哄我安眠，我只能一個人看著天，躺在地上，沒有人能替我送終。

「我回來了，孩子們！」

我破門而入，比平常更急切想見到三個小寶貝，沒想到早就有人等著我了，抿著兩顆酒窩，小跳步過來。

「大姊、大姊！」七仙堆滿孩子氣的笑容，看得媽媽我心花朵朵開。「我跟妳說，我遇到蘇老師了，蘇老師！」

「眞是太巧了，就在小七轉學的高中任教。」阿夕撥開廚房簾子，手裡端著兩杯果汁，脖子有熊寶貝附著中。

大兒子，你應該早調查過了吧？我順手把柳橙汁一乾而盡。

「蘇老師前陣子不舒服，才剛出院，看到我好高興。」

媽媽看到你開心成這樣，傻乎乎的，也很欣慰。

「蘇老師還說他可以幫忙顧小孩，熊仔我明天帶去學校。」小七兩隻手伸到阿夕前面搖啊搖，可是平常最喜歡抱抱的寶貝熊，還是攀著阿夕脖子不放。「就跟你說不是把你丟下來，還一直哭一直哭！」

哎呀呀，聽到這話，我趕緊把熊寶貝抱到懷裡哄。

「媽媽明天帶你去上班好了。」

「媽，妳會弄丟東西。」阿夕完全不信任我，我也要跟著哭了。「我來顧就好了。小七，你先學著融入新環境，別的事不用管。」

總覺得阿夕意有所指，我懷著僥倖心態去洗個澡，洗完天也黑得差不多，該開飯了。餐桌那邊傳來「大姊，妳好慢」之小七抗議聲，我偏偏要犧牲自己多讓臭小子餓個幾分鐘。

「媽，妳是怎麼了？」

阿夕直接把大浴巾罩在我的頭上，大概也嫌棄我洗澎澎的速度，希望他媽媽能早日乾爽。

「今夕，那個屍體……」

「妳別擔心，我已經處理好了。」

我視線落在客廳正和熊寶貝說教的小七，囁嚅出聲。

「爲什麼那具女屍長得像那孩子？我愈想，愈無法釋懷。」

阿夕臉色一變，他望向浴室，那個鎮鬼金牌被我高置在洗手台上，而「我」朝他咧嘴笑著，聲調轉了一百八十度。

「呸！什麼幸福？他使鬼害死我，我要他生不如死！」鬼魅佔有我的身體，接下來便是毀壞我幸福的小家庭。

我正不知道該如何是好，「啪！」一聲清響，阿夕直接朝我的臉呼了一巴掌。

男鬼頓時被他打懵了，我的意識回到身體裡，第一件事就是唉唉叫。媽媽我好歹養了小夕夕十二個年冬，他出手卻毫不猶豫，難道說阿夕早就看我白目不爽很久了？

林今夕沒管我在那邊假哭，一個箭步過去把浴室的金牌抓出來給我戴上。有了金牌，我的確清醒多了，但阿夕的手卻像烙鐵一樣紅，我想看傷勢，碰了卻讓他更痛。

「阿夕——」我的心也好痛啊！

「媽，這沒什麼好哭的，別讓小七起疑心。」大兒子緊鎖眉頭，有點暴力地用浴巾把我的眼淚搓乾。

七仙已經往我們這裡看過來，他拍了拍熊寶貝的腦袋，下一秒就踩在浴室門檻上，異色眼珠盯著我跟阿夕。

「剛才氣場不對勁，發生什麼事？」

小七篤定地說，我比出暫停的手勢，爭取時間編故事。

從前從前，有位林姓美女，家住巷尾公寓，某天撿到小孩一枚，替她打理家務，聰明可愛，長大以後變成帥哥，但林姓美女總不免遺憾，她的大兒子給她養小孩的印象太美好了，讓她很想再試一次。上天聽見美女的心聲，感念林女母性模範，賜給她白兔小七，和早熟的老大不一樣，小七的臉看起來很好捏，尤其是他嚴肅的時候……

我說著說著，就照故事內容做下去。小七一邊被我揉著，一邊擺出成佛的表情，似乎很絕望他這麼一代大師，老媽卻是這副死德性。

「你怎麼會想不開去問她？」阿夕忍不住再給七仙一刀。「你太緊張了，有你在，還有什麼鬼怪敢造次？」

「我不問你就是因為你太會粉飾太平，這個家有你和哭哭熊我不能設驅鬼法陣，而我現在跟瞎了沒兩樣，這種時機不出事才有鬼！」

他說對了，真的有鬼。

阿夕沉默，七仙冷瞪著眼，要是我沒看錯，這是兄弟吵架。

「其實是我放屁太大聲，嚇到阿夕了。」媽媽我想緩和氣氛，話一出口，就讓他們放下微不足道的嫌隙，憐憫彼此起來。

「媽，虧妳說得出口。」阿夕決定去看顧熊寶貝比較實在。

「大姊，等下吃飯的時候，妳可別再犯了。」小七也丟下我一個人走向餐桌。

犧牲個人名譽，成全一家親情，林之萍妳這母親，真是太偉大了。

□

可能阿夕巴掌效力不錯，我一夜好眠，又或許是半夜有人到我床邊看守，男鬼不敢造次。

之間，我要醒不醒地去牽那個人影的手，和習慣的手感不一樣，比阿夕的掌心粗糙，但溫暖許多。

「小七，怎麼啦？要媽媽陪你尿尿嗎？」

阿夕曾有這麼一段時間，他不記得了，我卻懷念不已。我喜歡孩子跟我撒嬌，就像我愛對他們要賴一樣。

「尿妳娘的，妳繼續睡啦！」

我闔著眼笑，身體累到快死掉了，可是好想跟我的寶貝多說點話。

「你在幹嘛？有什麼非要到在我身邊才能完成？」好好奇，眼皮呀，爭氣點，我覺得這個時候問，小七什麼都會告訴我。

「不要開燈！……我在畫符，不能見光。」原來他埋頭苦幹的事情是這個。「我有一半的命不在自己手上，所以效力也只有一半，妳斟酌點用。」

我撐開睡眼看著他，黑暗中，他的雙眼隱隱流露出玉石的光澤，像星子，很漂亮。

「小七，嗯嗯嗯。」

給媽媽抱一個。

「聽不懂啦，我是看妳精神不太好，妳不要誤會。」他的手掌從我手心慢慢移到我額頭上，有種熱呼呼的感覺從腦袋瓜往下滲入胸口。「我以後要到天上，把這個放在妳身子裡，陰間鬼差就不敢隨便收妳下去。」

「呵，我至少會活到一百歲，你這小傻瓜杞人憂天。」我握住小七的手腕，蹭蹭他的手指，希望多少緩解他的不安情緒。

「大姊，妳好像狗喔。」他嫌棄歸嫌棄，但也沒縮回手。

「太好了，這樣我們家就夠開動物園，全都給阿夕養。」我理想中的藍圖。

七仙淡淡地笑了聲，讓人很想多聽幾次。

「我上輩子是師父養大的，學的是白派的中立之道，大喜不樂，大悲不哭，人世間沒有什麼事無法看開，所以這個門派上下都亂七八糟，香油錢沒幾個。」

他懷念說著，在他慘澹童年之前，還有許多不屬於這輩子的美好記憶。

「師父他老人家總是不假辭色，但對我特別關愛，常常說他門下能得道成仙的只有老七一個，不過我那些師兄也不怎麼稀罕，他們各有自己的長才，都是那時代數一數二的道者。」

我這把年紀，不知道有多久沒聽過床邊故事，小七在旁邊輕聲地講，他媽媽我笑咪咪聽著。

「大家都很寵你吧？」我摸摸他的頭，他點了兩下承認。

「可惜我六個師兄不幸早逝，師父臨終之際只有我在他身邊，他就像妳這樣握著我的手，沒有半點怨嘆，因爲還有我在。」七仙的目光落在很遠的地方，我能了解看著一個個親人死去的心情。「師父總是爲我著想、怕我迷失走上岔路，我雖然沒有爸爸，不過我想，這應該就是父親吧？」

是啊，絕對是個難得的好男人。

「我以爲死後會再見到他們，沒想到天要留我，過了這世歷練，我就會失去人的身分。」

「小七呀，你很迷惘是吧？這個找媽媽商量不就得了！」

「妳不會覺得很麻煩嗎？養個不倫不類的鬼東西……雖然這家子全都不倫不類！」

哎呀，要是被阿夕聽到，他可會找機會捅你刀啊！兄弟相殘自古以來即是人倫少不了的悲劇。

「那你這一生當我小孩，好不好？」我要求不多，只要兩隻手捧斗就好。

我的眞心話不知道踩到小七心裡哪根線，他掙開我的五指，想要縮回自己殼裡。可是他這種人長不出刺防衛，很容易扳開，我只是一直摸摸他的頭，一直摸來摸去，他就掉下淚來。

「大姊，那爲什麼我媽媽討厭我說這種怪力亂神的話？她爲什麼沒辦法愛我？爲什麼她不要我？我都活了兩輩子了，爲什麼還看不開這一點！」

我把七仙的手挪到我肚子上，給他拍看看中年女人的鬆弛小腹。

「你就當作我生的，什麼心事都要跟我分享，我會拚了命疼你，寧願被資本社會壓榨也絕不會賣掉我的寶貝。小七，小心肝，笑一個給媽媽看好嗎？」

我也不清楚母親的定義，像我阿母只要看到她女兒一天沒惹是生非，她就很高興了。那我也只要小兒子活得快樂，看他平安長大，我就很滿足了。

□

隔天醒來已是日上三竿，想說老王怎麼沒奪命連環叩，原來週末不知不覺已經來了，請讓我好好讚頌發明週休二日的政府官員。

熊寶貝從我被子裡鑽出一雙絨布耳朵，被我抓過來用力啵了兩記。門口傳來咳嗽聲，阿夕已經戴著媳婦頭巾，要把我的狗窩好好整頓一下。

「媽，終究還是被妳釣上手了。」阿夕嘆息聲中帶有社會道德淪喪的意味。

「哎喲，兒子你在說什麼呀？好像你媽咪水性楊花似地……」我想爬起來卻爬不起，熊寶貝應該沒這麼重才對。

棉被掀開一角，才發現被窩裡還有一個男孩子，環在我右側，睡得很熟。仔細瞧他的睡臉，我兒子眞可愛。

「阿夕，一起來吧！」我拍拍左邊的空位，目前可是三缺一的狀態。

「媽，不要太貪心。」阿夕若有所思，晃了下手中的吸塵器。「妳覺得情況如何？」

「嗯，很舒服！」通體舒暢，像是大完便一樣。

「小七比鎮鬼令還有用啊……怎麼騙他每天送上門給妳性騷擾？値得從長計議。」阿夕發出惡魔的呢喃。

七仙過了半小時才醒來，紅著臉吃中飯，整個下午都不跟我說話，那我也沒法子提醒他：他媽媽不會賣他，可是他大哥會。

之後過了幾個平靜的日子，除了阿夕無所不用其極，下藥、偷襲、灌燒酒雞湯來放倒小七搬到我床上給媽媽當人型暖爐之外，我們林家和樂融融，外面寒流再強，也不影響我們熱烘烘的心。

我還去跟總經理老大拗來春節熱門度假飯店之家庭豪華套房，雖然說差點被抓去相親，但我的犧牲是值得的。小七一聽到要全家人去玩，眼睛默默地睜大兩分，連自己爲什麼好幾個晚上不省人事都忘了計較，晚飯吃得比平常還多。

「媽，我有點良心不安。」阿夕照慣例把他弟弟扛到我房間，突然有感而發。他大概也沒想到小七會單純到讓他這麼好得手，而且還一連五天。

「沒關係的，夕夕，這一切都是爲了愛啊！」至少我玩得很高興。看，就算熊寶貝在小七肚皮上滾來滾去，七仙也是睡得好沉。

「最近妳都沒感到異狀嗎？」阿夕不像我，眼前沒事，不會認爲眞的就是雨過天晴。

「安啦，我有小七的平安符。」姑且讓我炫耀一下，這是我搏得小兒子感情的證明。

阿夕神情複雜，好像七仙做的不是什麼好事情。

「他就算死在妳手上，也是他的錯。」

「討厭，你說得媽媽冷了起來。」

當晚，我的夢沒有竊笑的男鬼，只有林之萍的百分百美夢。我回到鄉下老家，爺爺叼著菸斗，懷裡有小寶寶模樣的熊寶貝，爸爸忙著挾菜給阿夕、小七，媽媽一直對著我笑，笑說這麼棒的孫子，虧我這憨呆找得到。

一切都是進行式，也好像會永遠直到未來式，只要我抱緊手中的東西，美夢就不會消失。

「老子快沒氣了，放手，妳放手！」

可惡的男鬼又出現了，竟然用七仙的聲音欺騙我！

「老子你算什麼，小七是我的寶貝！」

隱約聽見嘆息，我的棉被就沒再掙扎了。

隔天一大早，阿夕的詭計終於被抓包了。拜完鄭王爺，小七就氣噗噗一個人出門上學，我只好寂寞地吃了兩人份早餐。

上班奮鬥時，我總想著要帶什麼回去哄小兒子消氣，一不小心走到男廁，嚇跑公司一堆小男生，被老王抓去訓誡，罰寫三百次「女人的矜持」，寫到第十次就變成「我兒子眞可愛」，逼得胖胖的包大人跳出來要掐死民婦我。

可是回到家，天都黑了，小七還是沒回來。家裡兔子不在，害熊寶貝跟我都好無聊。

「辦支手機給他好了。」阿夕瞄向涼得特別快的飯菜，對自己的所作所爲好像帶了歉意又好像沒有。

門鈴就在我想偷出門找人的時候響了下，我還沒走到玄關，拎著書包的小七就從門板後翩然現身，臉色不是很好。

「在外頭要低調點。」阿夕吩咐道，小七心不在焉地應了聲。

「操，忘了帶鑰匙。」他解釋一句，像是忙著思考什麼事，沒把注意力帶回家。「你們，那種事，不可以瞞著我。」

「我偷啾你臉頰？撫摸你美好的臀形？幫你穿上我高中時代的百褶裙？可是內褲是阿夕換的不是我！」慘了，未成年性騷擾條例找上門了。

「妳這個變態老查某！」小七氣得凍紫的臉蛋都變成蘋果紅。「都不是！」

「耶？」那我就不知道了。

「小七，你慢慢說。」身為共犯的阿夕，卻裝作一副清白的大哥樣，卑鄙！

「今天有條子來學校找我，要我去認屍。」小七的語調很沉重，少了悲傷的情緒。

「那個給我名字的男人前些日子被車撞死，他們說卡車上沒有司機，只有一個目擊證人。」

小七看向他阿母和大哥，阿夕略微垂下眼。

「那個男人死不瞑目，絕不會善罷甘休，我很擔心見證他死亡的人。」小七凌厲瞪向阿夕，再把視線定在我這邊。「大姊，妳有什麼想對我說嗎？」

瞬間，我感到寒意從腳底竄上。這麼冷的天，我害怕小七轉身就走，只對他搖搖頭。

「不行，你還能到哪裡去？」雙腳不由自主往前走去，我憐惜般把小七環在懷中。

七仙剛毅的目光稍微軟化下來，在我耳邊囁嚅說：「我不能讓妳受到傷害。」

這眞是一個溫柔不過的男孩子，可是老天爺為什麼要這麼對他？

「就跟你親生母親一樣，爲了你受盡折磨嗎？」我咧開笑顏，愉快看著他發傻的模樣。「眞可憐，都是因爲生了你這雜種，她才死得那麼淒慘。我拖死拖活就是要回來告訴你，你害死你媽媽！」

「朱逸，你人話都不能聽了，何況是鬼話！」小七冷然回應，從胸前的金鍊抽出大刀，指向我的鼻尖。

偶然從談話間得知，小七一直認爲他的前任母親嫁了個好人家，過著不愁吃穿的生活。這是鄭王爺跟他「透露」的，那鄭王爺大概也拜託阿夕讓謊言持續下去，永遠不要讓小七見到他母親慘死的樣子。

「快滾，不然我滅了你！」

「你砍啊！」男鬼有恃無恐。「這女人靈魂已經快承受不住了，要是你刀偏一點，她可是會魂飛魄散呀！」

少來，我林之萍禍害遺千年，哪那麼脆弱！

「小七，住手。」阿夕出手壓下小七顫抖的刀。「聽話，她禍害遺千年，沒你想的脆弱。」

今夕呀今夕，你眞不愧是我的大兒子。

「雜碎，鎭鬼令在她身上，你也做不了什麼。難道你想下半生都困在這女人身體裡？」

阿夕重啓和男鬼之間的談判，一點也沒有老母被挾持的驚慌。

「我」笑了。

「我可以去拿把刀來，你們不讓我砍，我就砍自己。朱狗，你說好不好啊？」

小七站在原地，整個人比凍結的冰還僵硬，直搖頭。

「阿狗，把金牌拿下來，乖。」

「你……不要用大姊的聲音說話。」小七低著頭，我不用看也知道他彷徨無助。

「現在你整條命都在我手上，能不聽我的命令嗎？」我的手抓起他有些褪色的劉海，用力往上扯去，就爲了清楚看見他絕望的模樣。

老實說，事情發生到現在，驚嚇最大的是我本人，每次被彈出意識都像千刀萬剮，害我沒辦法正常思考。

可是我現在懂了，這個身體是我的，我能做的事應該不少，就是不包括弄痛我的寶貝兒子。我試著動一動另一隻閒著的手，握成拳頭，揮一下自己的臉，看看能不能讓那個攪亂我家秩序的混蛋嘗到一點苦頭。

「最後一次，這是妳最後一次壞我好事！」

嗯，爆痛，嘴巴還撞到牙齒，流了一點點血出來。我一邊扶著下巴，一邊摸摸小七受創的腦袋瓜。

「好，我回來了。接續前言，我想跟你說：我們來吃飯吧，哦耶！」媽媽我高舉雙手，熊寶貝傻乎乎地模仿我的動作。

阿夕鬆口氣，說要去熱菜。

只有小七毫無反應，他在這個家的時間太短，還不適應我們大事化無的生活方式。

「過來，有你最喜歡的紅蘿蔔喲！」我盛了好大一碗飯，隨口胡說，其實小七對於阿夕的燉排骨比較有愛。

阿夕也幫我一起哄弟弟：沒關係的，一定會有辦法。明天再說，先填飽肚子嘛，小七。

「王爺公，就說我不適合……已經夠了……」小七向鄭王爺懺悔，把臉垂得老低，遲遲不過來，那我也只好過去了。

捧著飯菜，食物利誘，等我近到在他面前，才發現他眼眶盈滿淚水。

「兒子，你怎麼啦？」又是我害他這麼傷心嗎？

小七搖搖頭，左腳踮了下，從我的視線消失無蹤。

「媽，他跑掉了。」阿夕提醒我，我才清醒想撿摔落的碗筷。「我來收，妳先去吃點東西，墊墊胃。」

我們不會瞬間移動大法，阿夕用機車載我去尋找離家出走慣犯的小孩，外頭好冷，我穿了兩件大外套都感覺不到溫度。

車子停在廢墟般的第二公墓，我們逆風走向破損不堪的小廟，那裡頭什麼都沒了，鄭王爺和他母親的屍骨，沒有值得他留戀的地方。

「這小子怎麼睡得著？」我忍不住讚歎一番，對於蜷在冰冷角落的死小孩。

「因為我下了點暗示，沒想到還有效用。」阿夕脫下風衣，小心覆在他弟身上。

我摩挲小七的十指，直到它們熱起來才鬆手。這種天氣，要是我們晚一點過來，這笨蛋說不定撐不過今晚。

「今夕，有辦法把鬼殺掉嗎？」我生氣了。

「如果妳想的話。」

□

一早驚醒，媽媽我床邊沒人，尖叫跑到外面大聲嚷嚷，「小七！我的小七七！」難得阿夕瞇著眼剛從房間探出身影，我還以為大兒子早就準備好應付他媽發神經。

「哭爸，妳有事沒事能不能安靜一點？」七仙整隻踞在沙發，冷淡地數落阿母我。

桌上有一杯開水、一袋阿夕準備扔棄的過期吐司，推斷小七就是肚子餓，才起了個大早塡飽肚子。

「你在幹嘛？」阿夕站在我身邊，對小七明知故問。

小七被阿夕隱隱約約的大魔王起床氣嚇了一跳，趕緊把吐司打包起來。

「我以爲這是不要的……」白毛兔子倔倔地說。

人稱烹飪之王的林今夕，最容不得人家吃吐司配開水、啃乾飯、挑食，我都懷疑他是不是先唸過育兒手冊才把這個家打理得這麼好。

阿夕比向餐桌，上面有「留給小七的宵夜」，是總匯三明治，我昨晚有幸分到一個。

「家裡是沒給你飯吃嗎！」阿夕怒吼一聲，同在沙發上的熊寶貝受到波及，慌慌張張蹦到我這邊避難。

「我又不是這個家的人，是你們自作主張！」小七跳起來和他大哥正面槓上，握著拳頭，想要建起心牆什麼的。「我會把事情收拾好，跟天上說你們跟我沒關係，我的破事本來就不關你們的事！」

「她這樣百般維護你，你只想要一走了之？」

「我沒有拜託大姊對我好，都是她自以爲……」小七抬頭往我看來，我回了一記慈母的微笑。「不能因爲一時的貪戀把她拖下水，我已經害死一個，沒道理再毀掉她。」

「她願意賭下去。」阿夕句子裡透露著無奈。

「但是我不敢。」小七垂下澹然的眼眸。

他們說到後來，我已經聽不太懂也不想懂。阿夕在威逼，小七很倔強，身為母親，我插到他們中間，把他們兩個的手疊起來，強迫握手和好。

「手心手背都是肉，你們就別再為我吵架了，呵呵呵！」

我看著他們兄弟倆兩眼發直好一會，然後遺棄我遠去，叫他們也不應聲，一起到浴室上廁所。等我驚覺馬桶只有一個，可是他們有兩根……的時候，他們已經商量好私事，和平地出來準備早點。

「哎喲，你們有什麼小祕密，告訴媽媽嘛，說嘛——」

死不理我，他們的嘴巴好像裝了開關，我討厭這樣。

阿夕前前後後上了三樣糕點，小七似乎真的餓壞了，筷子沒有停下來，一直吃一直吃，搞得這是最後一餐的樣子。

「小七。」

沒反應，嘖。

「小七呀，寶貝。」

「去煩那個！」

「阿夕，媽媽好愛你喔——」大兒子點頭以對，我騷擾完畢又轉回來。「小兒子，路上小男生那麼多，但我就是覺得你最可愛，人家說這是投緣，你也是這麼覺得吧？」

「妳想太多。」小七今早的防護盾特別強硬。

「等著吧，下個月中就是林家的紀念出遊日，我們要去抓住傳說中死光光的黑熊和雲豹！」

寶島山林事件簿，本大娘來了！還有帥哥護衛阿夕和小動物兔子七，另增召喚獸熊寶貝一枚。

阿夕和小七不約而同停下動作，這樣不行啊，你們少年仔怎麼記性比老母差呢？

「小七，等鬼捉完，我們一家人要一起去玩喔！」

我滿心期待，小七筷子僵在半空，直到阿夕踹他膝蓋，他才嗯了一聲。

他們去上學，我去上班，大馬路邊的離別依依總是要來一下才過癮。阿夕今天揹了個大背包，我好像聽見熊寶貝的哭哭聲從裡面傳來，還有隻熊爪子伸到外面呼救，然後被小七強力壓下去。

「啊，是不是有東西……」我眼花了嗎？

「沒有！」阿夕和小七異口同聲。

嗚嗚，他們竟然會對媽媽說謊了，果然男大不中留。

「大姊，妳快走啦！」小七趕人的態度更是傷透我幼小心靈。

「小七，要小心點，要聽蘇老師的話，媽媽會想你的。」

沒有預料中的吼叫，小七今天安順地看著我，我很喜歡他那雙眼注視的神情。

「大姊，給妳添了很多麻煩。」

「沒有這回事。」比不上我自己惹出來的。

「謝謝。」

他這句道謝留在我腦海裡好久，我自認是個思想保守的傳統婦女，總認爲家人之間不需要三大禮貌用語，會讓人感到生疏。

「老王，我是不是該把個好男人回家？」我把文件翻過一遍，再全部推到包大人面前。

「咳咳、咳咳咳！」王祕書差點被茶水嗆死，有必要這麼驚訝嗎？

「小孩子力氣太大，我一個人沒辦法打包裝箱。」我採用隱喻的方式，表示有父親的家庭比較不會讓兒子出走。

「妳要什麼條件？」包大人似乎當眞了，那我只好繼續演下去。

「能讓鬼怪聽話，大概閻王等級就好。」我要求不高。

「人類裡絕對沒有。」老王不耐地敲打鍵盤，把另一堆文件撥到我快清空的籃子裡。「妳當初要不是帶著一個拖油瓶，會到四十還嫁不出去？」

「阿夕是我寶貝嘛。」

包大人抹了抹出油的老臉，對我的話不予苟同，他一直覺得阿夕是個魔王級的妖孽。

「林之萍，做事要有分寸，這裡要是沒有妳，總經理會老得更快。」

「哎呀，最捨不得人家的明明是老王你——」我去推了推包大人手臂，包大人直接把我的手指往後扳去。「啊啊啊，殺人啦！」

「閉嘴，幹活！」

我對現在的工作很滿意，雖然上司總是凶巴巴的，但是非常關心我。

明天就是週末假日，我會趁著暖洋洋的冬日晴天，到南部去找老王推薦的除鬼大師，回來就能見到阿夕、熊寶貝和小七的笑臉。

「妳的情況很危急，呼嚕嚕，我師父就算弄得掉鬼煞，妳可能下半輩子都會精神失常。」對方道觀給了這樣的答覆，不算好，不過命還在，也不算太壞。

「媽媽回來了！」我回家打包一下，再想辦法怎麼從阿夕眼皮底下溜掉。

小七站在客廳中央，染髮劑差不多掉光了，頂著一頭白髮，久候我的光臨。

「朱逸，你出來吧。」

我不曉得這是舞台上哪一幕，看向背對我們剝豆莢的阿夕，他應該知道現在外面的還是媽媽才對。

「大姊，妳不要再硬撐了，我不會有事的，妳先睡吧。」

可是小七，媽媽我啊，看到你難過，心都要碎了……

一股拉力把我往下扯去，接著我脖子扭動兩下，爆出張狂的笑聲。

「你還眞是找到一戶好人家。」我的聲音滿懷惡意，一點點我平時的親切溫柔甜美都沒有。「可惜你才住個幾天，就變你弄成這樣。」

「少囉嗦，我今天就是來送你上路。」小七嚴峻凝視我身上這隻男鬼。「我知道我生母去世了，你還有什麼遺願？」

神壇上，王爺公木雕發出抖動的聲響，阿夕還是忙著挑豆子。

「不對，你不應該什麼事都沒有！」男鬼他到底在激動什麼？

「我很遺憾。」小七平靜地說，眼波如無風的湖。

男鬼咬牙切齒，他不甘心，死都要拖小七下去墊背，我眞覺得他是個變態。

「你害死她！」

「你殺了她，殺人是重罪，陰間不久就會拖你下去行刑。」

我的身體喘氣一陣，然後笑得歇斯底里，這種事多個幾次，我一定會短命。

「你錯了，鬼差都是一群白痴，你母親身上都是你的味道，她昏迷那時還以爲掐死她的是你！你已經揹上弒母的罪名，看天上還敢不敢收你！」

這個男的，處心積慮就是想把小七弄髒，我不能理解。

「那也沒錯。」小七表情沒什麼改變。「你可以走了嗎？」

男鬼不接受這種結果，一肚子怨氣愈積愈多，我好不舒服。

「我學道這麼多年，竟然比不上一個小雜種！」

很簡單，你就是嫉妒小七嘛！

「你走錯路，怎麼到得了境界？」小七漫步走來，把他溫暖的十指放在我臉上，再移到頸項，拉出我衣服裡的鎮鬼金牌。「朱逸，回頭是岸，父子一場，我送你下黃泉。」

男鬼猶疑了兩秒，但他過去實在對小七太差，不相信以德報怨這回事。

小七拉斷鎮鬼金牌的紅繩子，下一秒我的巴掌就揮到他臉上。我尖叫不已，男鬼卻爽到極點。

「你很喜歡這女人對吧？你就好好看著我怎麼折磨她！」

「是啊，大姊把我當親生兒子，我怎麼能讓你傷她半根寒毛！」

小七勾了下脖子的金鍊，原本平凡的小公寓客廳瞬間換成另一個模樣，整間屋子被艷紅八邊形圖案圍繞，而我就站在圖形正中央。

男鬼淒厲慘叫。

「你以爲驅鬼陣就能讓我離開這女人嗎！想得美！」

沉寂已久的阿夕臉色發白，也來到我們這個圈子。

我還想不透阿夕要幹嘛，他就彎下腰，蠻橫咬住我的嘴唇。

男鬼在我體內掙扎不已，但仍舊被強烈的吸力拉到外頭去。阿夕鬆開口的時候，眼神變得有些渙散。

大兒子當初也用同一招來救花花嗎？我內心警鈴大響。

「朱狗，我絕對不會放過你，不會讓你好過，絕不！小七，走！」前後不一的語氣都是從阿夕口中說出來。

小七扯住阿夕的手臂，立身一跳，兩人瞬間消失不見，偌大的家裡，只剩我一個人。

我發現他們兄弟倆達成的共識是什麼了——不計代價，保我平安。

我知道他們兩個都很特別，忍不住一手抓一個，是不是因爲這樣，老天爺要懲罰我太貪心？

「開什麼玩笑！」

以爲這點挫折就能逼我哭嗎？祢也太小看我林氏之萍，民婦中的民婦。

我鞋子穿一穿，往第二公墓追了上去。

寒風刺骨，卻比不上我心頭一突一突的疼。我的寶貝被搶走了，而且還是隻心理不正常又猥褻的男鬼。我兒子們又帥又可愛，阿夕和小七的貞操啊！

雖然阿夕不知道什麼時候在門把上貼了「不要跟來」的字條，可是我的小七護身符在男鬼手中，要是我鬆手，他就再也不回來了。

氣喘吁吁，抵達陰森的墓仔埔，他們應該也沒有其他地點可以拿來火拚了。果然，遠處有一撮白點，是小七的腦袋。我死命跑過去，想看清楚他們好不好。我好害怕，老天保佑，我的寶貝們千萬不能出事！

「不能出事……」我踩到腐朽的棺材板，跌了一大跤，就算爬起來，眼前的畫面還是沒有改變。

地上淌著一大片血跡，分不清楚那是誰的，阿夕倒在左邊，小七撐著異常彎曲的手臂，跪在右邊。

我深吸一口冷空氣，冷靜呀林之萍，妳可是他們的老媽，哭不是辦法。

首先拿出手機，然後按下一一九。

「你好，這裡是市立第二公墓，有兩個重傷的孩子，救護車快來。」

「大姊？」

小七發覺我的到來，用盡最後一絲氣力轉頭看我，連責備也做不到。

「妳快走……」

我只想扶起摔下的他，不料卻被猛然壓倒在地，腦袋撞得七葷八素，想吐，恐怕腦震盪了。

「這可是妳自己送上門來。」

視線模糊一片，我只約略看見男人的身影伏在我身上，我碰不到他，他卻能困住我的手腳。

「我從附妳身，就一直想要幹這檔事，太好了。」

我聽到襯衫鈕釦一個個綳開的聲音，有手抓住我的胸罩，我狠狠瞪過去那團跟空氣沒兩樣的黑影，它發出怪笑。

「這雙腿眞棒，又長又白。」它從小腿一路親上我大腿，造成和冷空氣同樣效果的雞皮疙瘩。「妳下面好香，還是在室的嗎？」

我掙扎一下右手腕，被他當作情趣忽視掉。

「沒被鬼幹過吧？老子今天操死妳！」

有東西抵上我私處，我看了眼夜空，幹譙一聲老天爺，然後抓著藏在手腕的鎮鬼金牌，全力往那顆鬼頭揮下。

「敢動我兒子，老娘跟你拚了！」

「幹你娘，臭婊子！」

我撲上那團影子，哪邊有感覺就往哪邊揍下去。我嫌拳頭不夠力，把高跟鞋拔下，貼著金牌死命敲打該死的鬼影。

我的阿夕、我的小七！

它撞開我，我再撞回去，就是要痛扁雜碎一頓。

「瘋女人！」

「你不放過小七，我也絕不放過你！」

這跟什麼天道運行、天理正義都沒有關係，做娘的就是不能容忍小寶貝被欺負，管你是人是鬼是神！

「看妳能撐多久！」

眞聰明，知道我沒吃到小夕夕晚飯血糖過低，但老娘已被氣到腎上腺素整個撩起來。

猛然颳起狂風，捲起石頭和碎水泥塊，有志一同往我身上砸來。打不過女人，就來陰的，佩服佩服。

我摔下，再站起來，這根本比不上旁邊兩個孩子受的傷。血從眼簾流下，鬼影愈發清晰，隨著我一步步逼近，他也懂得害怕了。

我冷笑一聲，沒見過壞人是不是？

「妳把鎮鬼令放下，我們好好談。」男鬼試圖勸服我放棄暴力，坐下來說道理。

這讓我想起之前公司還沒有壯大的時候，某家企業老闆曾經當著總經理老大的面要老王泡茶，結果是我用廁所水去沏了一壺極品冷泡茶才化解這場紛爭；後來老王稱王了，那個老闆來求我們借貸，希望「好好談」，王大祕書就說了……

「吃屎吧！」

孔子說得好，人非聖賢，有仇必報。

那個鬼被我打趴在地，漸漸浮現死前被輾爛的模樣，抬起一雙血淋淋的眼眶，在被我封喉前請求發言。

「他的命……在我手上……」

我喘著氣，意識不太集中了，男鬼的話就像潑了盆血尿過來。

「給老娘交出來。」

「妳不放開金牌，我怎麼給妳？」男鬼狡詐說道。

「一手交命，一手放牌。」我被抓到弱點了，右手握著牌子，左手伸過去。

他遞上來的微光的確是兔子護身符，我認得那種感覺，再鬆開金牌一點，希望能抓回小七的自由。

而討厭的冷意卻趁機竄上，男鬼張開腐爛的嘴角，用賤笑宣告勝利。

千鈞一髮，有人飛撲過來，把我抱離男鬼好幾尺遠，這味道好熟悉，我養了十二年多。

「阿夕。」我笑呵呵喚了一聲。

「就叫妳待在家，妳是要嚇死我幾次？」大兒子微聲抱怨著，緊緊把他凍得冰涼涼的老媽圈在懷裡。

「我要……這女人陪葬……」

拖行的聲音往我們這邊靠近，可是透過阿夕的臂膀，我怎麼也看不到男鬼的影子。

「朱逸，把那種麻煩女人帶去陰間，你鐵定會下十八層地獄。」

白髮飄飄，冷風中小七舉刀向前，眼底光芒似火。

「咯咯，你殺啊，蒼天在上，老天在看你弒父啊！」

「放屁，他是我兒子，才不是你的！」我大叫，堅決上訴到底。

蒼天在上，祢敢判錯人我就轟了大氣層。

「大姊！」小七驚叫，怎麼，媽媽不能說真心話嗎？

阿夕嘆氣，我兩個兒子都覺得我做錯了，我好受傷。

「不、不！」

男鬼突然叫得很大聲，我只看到滿地風沙飛舞。

「我是神祇的父親，你們這些卑賤的獄鬼無權抓我！……阿狗，救我、救我！」

七仙才動了下手，就被阿夕叫住。

「你原諒他我可不原諒，看看他對她做了什麼，你也難辭其咎。」

「你不要凶小七啦……」

「媽，我在教小朋友，別插嘴。」

阿夕包著我的傷，他自己的傷口都放血流，我覺得好像愈來愈不痛，變得好想睡覺。

「所以，殺掉。」他似乎笑了。

這是我印象中的最後一句話，救護車的鳴叫和男鬼的嘶嚎夾雜在背景裡去了。

醒來，白白的醫院，白白的天花板，熊寶貝在我耳邊哭得很大聲卻沒有人來哄。我吃力睜開眼，哇，不得了，我全身媲美現代木乃伊，一定要跟老王請長長的傷假。

門口傳來令人安心的說話聲。

「放心，那都是小擦傷，根據媽的恢復力，躺兩天就好了。」

我要跟熊寶貝一起哭哭，哀悼我美好的週休。

「不要哭了，不然她醒來一定會笑你小白兔。」

「老子才沒有哭，你不要安慰我！」

我努力玩著熊寶貝的毛肚子，終於讓他破涕而笑。沒多久，遠處的說話聲安靜下來，一左一右來到我病床邊。

「媽，既然醒了就表示一下。」阿夕脖子上貼了一環膠帶，其他的傷都在衣服裡。

小七吊著左手，臉上黏著大大小小的紗布，神情緊繃不說話。

「你們是把熊熊怎麼了？」

「塞到蘇老師那裡，從送去哭到現在，哭哭熊！」小七用力壓了下熊寶貝的頭，熊熊又開始哽咽。「反正我要走了，你再哭我也聽不到了！」

他話一講完，熊寶貝立刻放聲大哭。

「你也只能欺負比你小的。」阿夕把熊抱起來，熊寶貝委屈地黏在他胸膛。

「嗯，我剛才是不是聽見有兔子說，他要走了？」我豎起耳，裝作老人耳背的樣子。

小七瞪著我，單手笨拙地從口袋裡拿出被他看爛的戶口名簿。

「妳把名字拿回去，還來得及！」小七指著林家次男的格子，旁邊寫著「大姊和今夕哥都對我很好」、「早餐和晚餐好好吃」、「蘇老師誇我很乖」。

「混帳，妳不要看別的地方，那不是重點！」

他好像把戶口名簿當作好事記錄本，我該提醒他那個要常常拿去辦手續，大家都會看到嗎？

「不要。」他認眞地問我，我也堅決地回答他。

「地下既然會把那個男人拖去，代表天上認爲我的歸屬是妳，大姊，這絕對不是好事。」小七憂心忡忡，奇怪，爲什麼我聽了有種勝利的爽感？「妳不要笑成這樣，妳看我生母和那男人的下場就知道了！」

「小七。」我喜孜孜牽住他完好的那隻手，搖來搖去。

七仙垂著眼，一點一點濕潤開來。

「來，給媽媽抱抱。」我張開雙臂，容得下一個寂寞的孩子。

他挪動腳步，最後順著我的右手將臉貼上我的右頰，背著我的目光，低低抽泣起來。

如果再早一些，更早一些遇到這孩子就好了，我心裡不免遺憾。

左手空著，剛好阿夕在，我揮著手把他招過來，來嘛來嘛，不需要少女的矜持。

阿夕最後認了，鬆下手和心防，讓熊寶貝撲到我胸口，他則是坐在床下，偏頭躺進我左手臂彎裡假寐。

長命百歲也好，榮華富貴也罷，都比不上我這樣一手一個抱著我最愛的人，就算拿西方極樂世界來換，我也不要。

狐祟

讓我想想，這件害我被阿夕禁足二個禮拜的悲劇要從哪裡說起？

記得是某個暖和的午後，我跟小七去街上挑文具。小七的美術作業要交一幅建築物的畫作，他卻連水彩和粉蠟筆都分不清，比熊寶貝不如，媽媽我也只能義不容辭帶他去逛街。

「小七，你看，是尖耳狗耶！」文具賣場有很多可愛的小吊飾，讓我當下忘了出門的目的。

「大姊，錢包在我手上，沒有閒錢給妳花。」小七鄭重拍了拍阿夕託付給他的家當，我癟嘴也沒用。「而且那是狐，妳有沒有常識啊？」

「哇，小七，是尖耳狐狸狗耶，我好想要喔！」

「妳一個老女人不要大庭廣眾抱著我搖！」沒辦法，他身高好適合。「惦惦啦，老子用零用錢買給妳！」

「凱子七、凱子七！」我樂得歡呼，這孩子嫩得比阿夕好拗多了。

回程我負責拿裝著畫具的紙袋，小七忙著給我的狐狸狗上色，在它的額頭加上紅點，於是它就和其他同類區分開來，全世界只有這麼一隻。

「爺爺跟我說過黃大仙的故事，害我小時候都跑去找村尾大黃聊天。」大黃可是村裡地主的愛犬，伙食比我家還好。

「妳到現在也還是把狗跟狐狸混在一塊！」小七用力把狐狸狗塞到我手裡，換走有點重的紙袋。「妳不用想了，這裡只有果子狸，吃個不停還愛放屁。」

我露出失望的神情，望著手中寂寞的狐狸，努力扮演楚楚可憐的中年婦女。

小七睨了媽媽我很久，有點凶惡地開口，說故事給我聽。

「我師父在中原遇過幾次，有的就是愛住人類房子，還會耍小伎倆換得供拜，反客爲主，狡猾得很。師父說哪戶人家只要有狐，他大老遠就能聞到那股毛騷味，養牛養雞都好，怎麼會有憨呆想養狐狸精？」

有啊，我小時候想養得要命，會說話、會把葉子變金子的小動物可不多見。

「總是有好狐狸吧？」

小七白了我一眼：「妳聽過道士說妖怪好話嗎？」

他說的沒錯，可是我心傷悲。

「大姊，妖就是妖，和人一樣雜七雜八，裡面有白的當然也會有黑抹抹的那種，妳不要想太多，遇到了也千萬別靠它們太近。」

小七斂起目光，他話中的話都被他稀釋成平淡的勸說。

「那時候中原大亂，師父跟著逃難的民兵經過一處大宅院，裡面都成了廢墟，卻還是有股狐騷味。他以爲有笨妖怪不知道戰亂將至，他老人家就進門找，找到了閣樓上的笨狐狸，剩一副皮包骨……」

白道人說：「騷毛球，狼來了，還不快滾！」

笨狐狸充耳不聞，依然蜷在灰撲撲的閣樓裡。

「他們會回來的。」狐狸說。

「我師父是可憐牠修行百年就快成了狐狸乾，好說歹說都沒用。後來吊起牠尾巴，才發現牠踞在一堆小孩乳牙上；那家人小孩掉牙都會扔到閣樓，請求狐仙保佑。大姊，狐狸腦很小的，牠以爲守著那些牙齒就是守著那些不知道流亡到哪裡去的孩子，總有一天，會回到牠身邊。」

小七的故事和爺爺的床邊故事不一樣，少了童話中必要的美好結局，狐狸大仙抱著牙齒堆，孤伶伶嚥下最後一口氣。

究竟是狐媚人，還是人魅狐？道者看了千百年，沒一個答案。

「小七，可是我還是想要毛茸茸的狐狸狗。」

「執迷不悟！」

我想，冥冥之中，這就是整件事的開端。

□

春節前的冬日，我下班回家，遠遠地，瞧見我家大樓前站著一個人，一個美人，揹著海藍色的側包，似乎有些憂鬱。

等我想起這眼熟的小公主是誰，高跟鞋在巷口緊急煞車，再偷偷探頭過去確認，真的是她。

哎呀，這不是花花嗎？

如果沒有意外，她等待的王子應該是林今夕，和她分手的我兒子。我有預感，世紀愛情大劇即將上演。

「大姊、大姊！」我家小朋友也放學回來了。

「噓噓！」我比出噤聲的手勢，我想看八卦。

小七興匆匆拉著我衣襬，唔唔，可愛是很可愛，但現在不是撒嬌的時機。

「我要喝飲料。」他的願望一如往常地渺小，我掏出零錢，朝他揮揮手。

過了漫長的兩分鐘，小七抓著紅茶杯，無聲踩在我腳邊的土地。

「大姊，分妳一半。」

「好乖。」知道吸管要拿三根，聰明的孩子。

「妳在幹嘛？」小七不認識花花，他不能明白我的樂趣。

「阿夕什麼時候回來啊？你看，花花都已經嘟起嘴巴了。」媽媽我好心急。

小七咬著吸管，指向我背後。

「媽，我一直都在。」阿夕朝我堆個沒良心的微笑。

「哇啊啊，阿夕！」男主角，你真是太令我驚奇了！

「大姊，不是我在說，妳眞的很無聊。」

「臭小子，得了飲料還賣乖！」

阿夕大概覺得時機差不多了，放任我們母子相殘，邁開腳步，在他出聲叫喚之前，花花倏地轉過頭來，看她的眼神，我很確定她對阿夕還是有感情在。

「茵，妳怎麼在這裡？」林今夕客套似地問候一句。

「我可不是來找你復合！」花花，這樣不行，阿夕很難給妳台階下。「只是……有點事要你幫忙。」

阿夕好像稍微露出笑容，花花看了放鬆不少。

「我聽到一些消息。」阿夕說。我旁邊的小七壓著滿手竄出的雞皮疙瘩，讓我發覺這場景的確不太像牛郎織女相會。「大小姐，妳還眞是記不起教訓。」

花花整個傻住，阿夕乾脆略過她去開大樓鐵門。

「大姊，那個女的又被東西纏上了。」

小七動手拉住我，但是我又怎能讓一個女孩子在破公寓前要哭要罵都不知所措？

「花花呀——幾天不見，屁股變大啦！怎麼站在這呢？我們上去喝茶。」我搭住花花的肩，她已經含著兩顆淚眼，好一會都發不出聲音。

「林阿姨……」

「好啦好啦，等一下幫你教訓今夕那個壞蛋。」我把花花往前推，手帕抹乾她的臉，用母親威嚴的眼神叫擋在門口的阿夕放行。

我在公司橫行霸道十幾年，安撫過無數被老王罵哭的小女生。通常是把她們找到茶水間，分享一下王祕書的糗事，讓她們傳唱給全公司知道，然後我就被老王揪住臉皮報復，這就是聲東擊西的奧義，大概吧。

走樓梯上樓的時候，我跟花花說，阿夕前天去黃昏市場買菜，原本菜攤的阿桑都會把他要的食材打包好，可是那天顧攤子的是阿桑的兒子，不知道是不是看阿夕太帥不爽，拿一條長滿青黴的茄子混作小黃瓜給他，阿夕又剛好眼鏡拿去洗沒發現。

當晚，我跟小七聽到廚房傳來巨響，阿夕徒手把青色茄子打爛在砧板上，一臉煞氣。

後來，林今夕爲了消滅四散的孢子，掃了一整晚廚房。

「那個賣菜的一定會死得很慘，哈哈！」花花的感想非常正確，看到她稍微恢復精神，我很高興。

「是啊。我們到家囉，媳婦兒。」

我攬著花花的細腰把她送進門，她發現到什麼，站在玄關不動，把地板上的熊寶貝撿起來。

「怎麼會掉在這裡？」花花有點疑惑。

據我推測，應該是熊寶貝聽到開門聲很高興，七手八腳從鄭王爺桌上跳下來要抱抱，然後驚覺進門的小美女不是他馬麻、葛格，馬上趴下來裝死。

花花盯著熊寶貝的鈕釦眼，呆站著，連脫鞋都忘了。

我好像也忘了某件事，直到阿夕冷不防從花花手中抽走熊寶貝。

對了，我的熊熊就是花花的小孩，因為當初是從阿夕肚子裡抱出來的，我總以為是阿夕生的。

小七巴了我一記後腦，雖然不太痛，但他們看我就像看老人痴呆的目光好刺人。

「就是這樣才不想讓她進來，弄得不好，哭哭熊又哭哭怎麼辦？」小七擺明了他不喜歡花花。

「你又是誰！」沒想到花花對小七反應激烈。「為什麼她們都說林今夕衝下課都是為了接送隔壁高中的小男生！」

我們一家人著實怔了下，過了一會兒，媽媽我呵呵笑了起來。

「因為小七屁股觸感絕佳……唔唔唔！」我被兩個兒子同時摀嘴封喉。

「他是我弟。」唉，阿夕，你好無趣。

「你有弟弟？」花花對於阿夕的資料太久沒更新了，這樣子不行。

「我失散多年的小兒子。」請容我誠摯介紹幼子七七。小七翻了下眼白，沒有反駁。

「男孩們，別杵在原地，快去給公主殿下泡茶。」

花花凝視阿夕漫步到廚房的身影，難掩失落，然而再看向我時，已冷卻了所有情緒。

「阿姨，我想請妳幫忙。」花花很聰明，一下子就看出求阿夕不如求他老媽。

「說說看，不用客氣。」我彷彿聽見廚房那邊發出小七的咒罵。

「上個禮拜，綺她們說要幫我辦……失戀派對。」

「花花，再考慮一下嘛，伯母我很欣賞妳啊！」

「林阿姨，我叫茵茵。妳兒子從『那件事』之後，總是避著我，我以為他嫌我髒。可是之前我跟他坦誠，他明明不在意呀！」

花花大而嫵媚的明眸委屈看著我，我覺得她是有點天真，但實在捨不得凶她。

「妳漏了小孩的事吧？阿夕以前也是被扔下來。」

花花低呼一聲，半摀住臉，她應該是不小心忘了。許久之前，阿夕邀她來我們家吃飯（見公婆），她還笑著說：「阿姨一個人把今夕養這麼大，好厲害。」到現在，我依然記得她的笑臉。

「我不是故意……不知道拿掉它時，它已經有心跳了。它一定很恨我吧？才會一次又一次來報復，可是這又不關綺她們的事……」

我想告訴花花，熊寶貝好得很，只是小七有時候會扭他的毛耳朵，不准我跟阿夕太寵這個小弟。

「所以，到底發生什麼事？」我一屁股坐到花花身邊，讓她不能多分享恐怖的回憶。

「她們提議要到我家一間閒置很久的別墅，那天天氣不好，我一進門就不舒服，到房間休息，叫她們開場再來叫我。我很累，她們在外面先玩起來，接下來我睡著了，不知道她們經歷什麼事。」

花花深吸一口氣。

「我印象中，綺出去有幫我把門鎖好，但我醒來的時候，房門是開著的，幾個男人血淋淋躺在走廊外，琳縮在樓梯口發抖，綺倒在大廳，一絲不掛，我趕去看她，沒想到她身上……長毛，就像動物、像狗。」

這種事，我覺得連老王也沒聽說過。我把花花一雙玉手拿過來細看，白白嫩嫩，任一個男人只要攤開掌心就能把她的十指全握進手中護著。

「林阿姨，我沒事，就只有我沒事，琳琳好一陣子開不了口，而心綺她現在根本不敢出門，她不想見任何師父、高人，她只想像上次今夕幫我那樣，平靜地把事情結束。」

難怪妳這麼一個心高氣傲的女孩子會挺直腰桿來求人？我有些話想提醒花花，但又覺得這時機不適合說。

花花反抓著我的手腕，「叩叩」，膝蓋跪出兩個清脆聲響，嚇死我了，趕緊跳下沙發把她扶起來。

「這都是我造的孽，怎麼可以傷害我朋友？」

「妳說的對，可是我只是普通又可愛的媽媽，妳跪不出黃金的啦！」

我死拖活拉把小公主花花抱起來，沒想到我一切努力都比不上阿夕一聲輕咳——花花一聽見阿夕的聲音，立刻站起身，優雅坐回去。

「妳眞以爲妳沒事？」小七哼了哼，從背後抓起花花的俏馬尾，在花花尖叫聲中用指頭在她後頸畫了兩痕十字。

「你、你、你！」花花嚴厲指著「惡作劇」的小七。

「他就是妳想找的高人。」阿夕權威性補充。

「我還以爲是個高大的男人！」花花驚叫，小七的臉垮了一半。

我小兒子就算沒一百七，也不要這樣傷害他。

「好啦，沒事啦，妳可以走了。」小七背後的熊寶貝偷偷探出頭，又被他粗暴壓回去。「妳本性不算太糟，但眼光很爛，奉勸妳多防小人。」

花花對於這個小個子大師一時反應不來，而我對於「眼光很爛」頗有微詞。拜託，她挑中的男人可是他大哥耶！

小七看了阿夕兩眼，確定他不會禁他晚飯才點頭。

「大姊，誰會喜歡這種沒血沒淚報復心重的男人？又不是瞎了！」

「小七。」阿夕微微一笑，「你沒有宵夜了。」

「大姊，妳看啦！」小七悲情哭訴。

你都說阿夕報復心重了，還來抗議，傻孩子。

花花看著我們一家，我順勢邀她留下來吃飯。她輕聲回絕，待小七鬧完才猶疑開口。

「你眞的是那位大仙？」

「誰是大仙？別亂喊。妳小孩早就給別的人家養去了，不要隨便牽拖。」小七把熊寶貝抱到正面，讓他們母子倆好好看一看。「妳不用去見妳那個朋友了，要是她七天之後還沒好，叫她來找我。她不來，我就算是神仙也救不回來。」

「你要多少錢？」花花提了一個地雷問題。

小七聽了，整個人炸開，差點把熊寶貝扔過去，被阿夕拖去浴室關好。

「茵，我送妳回去。」

我還來不及攔人，阿夕已經把心情好一些的花花帶離我家，我就看著原本預定的媳婦兒漸去漸遠。

小七從浴室出來，臉色很臭，後頭跟著搖搖晃晃的熊寶貝。

「大姊，這件事不好搞，妳最近運勢低，不准管事！」

「是嗎？你剛才好像不是這麼說的。」讓花花以爲只要等待，風波就能平息。

「神棍才會危言聳聽，她知道又怎樣？不知道又如何？肇因又不在她身上。」小七雙手攬胸，在我面前繞了兩圈。「上次警告過了，完全沒把我放在眼裡。這麼大的紕漏，陰間卻沒反應，難道眞的出事了？」

他不斷喃喃自語，熊寶貝還陪他一起轉圈圈，我看得頭都昏了。

「小七吶。」

「幹，幹嘛？」

「你什麼時候要交女朋友？」阿夕那頭落空了，我必須轉移目標。

小七停下所有動作，憤恨盯著我好些會，然後雙手合十，朝西邊落日虔誠拜了拜。

「師父，世事未平卻認了一個怪女人當老母，請恕徒兒不肖。」

□

隔天在公司稍稍和老王閒聊到我家媳婦的事，年關將近，老王很忙，快下班才得到他寶貴的意見。

「妳不要多管閒事。」

怎麼和我兒子們說了同樣的話？

「妳有空去搞那些，還不如留下來加班把這些計畫結案掉！」

「包包，我突然不舒服。」民婦雙眼泛淚地說。

老王恨恨敲打鍵盤，沒有辦法，我可是有家室的老媽。

「聽了就覺得有鬼，謝家就一個獨生女，根本不懂得自愛。不過，那房子的確有古怪。」

哦，我眼睛一亮，有八卦。

「妳知道謝家和『老太婆』她家是世交嗎？」

糟糕，這卦有毒，聽得我心頭倒抽兩下。

說來話長，論起敝公司的愛恨糾葛，那是三天三夜也說不完。總經理是這家公司的老大，「老太婆」是老大的老婆，職稱叫董事長。

因爲貧富不均，M型社會的關係，總經理出賣年輕的肉體入贅到好野人家裡換得開公司的資金，於是有了現在的成就和我們這群小跟班。後來那戶好野人家道中落，名下的資產只剩下敝公司。老太婆，也就是我們偉大的董事長，想盡辦法要安插她娘家的米蟲到公司裡來蠶食鯨吞，是敝公司目前最大的內憂。

這就是興也女子，敗也女子的故事。

「總經理因爲老太婆的關係去謝家祖宅做過客。他是淺眠的人，半夜被天花板的聲音吵醒。他說，那聲音聽起來像狗在哭，可是當時謝家並沒有養任何寵物。」

老大是個實事求是的企業家。老王相信，我也相信，所以這種從他嘴裡說來的怪力亂神不會有假。

「妳不要想去找到什麼狗，跟牠聊天之類的。」老王你這隻蛔蟲，好討厭。「妳兒子女朋友那個長毛的朋友是老太婆的姪女，如果惹出什麼風波，老太婆絕對不會放過妳。」

「嘿嘿。」董事長有兩枚眼中釘，左眼是老王，右眼是老是和總經理老大傳緋聞的我本人。

下班一個人在路上閒晃，我的心情其實有點小小的苦悶，本來以爲已經沒什麼了，還是難免在意。說起我和董事長的過節，關鍵性的那條其實是我跟她兒子曾經論及婚嫁，阿夕都差點改姓過去。

那段時間，我跟總經理老大私底下都「老爹」、「女兒」亂叫一通，後來新娘換了人，總經理事後一直覺得對我有所虧欠，但那不是他的錯，只是兩個人緣分不夠，再加上一點點老太婆太白目。

喜歡一個人，最後卻不能在一起，難過得就像便祕一樣，如果可以，希望天下有情人終成眷屬，我的寶貝兒子們能永遠和他們心愛的人相守，沒有遺憾。

咻地，一個俐落的甩尾，兩人一車停在我家巷口。我看到阿夕載著花花，機車上大包小包的，把手還吊著一串五花肉。

花花幾乎整個人貼在阿夕背後，俏臉微紅，笑得很燦爛。

我媳婦兒回鍋率上升三十個百分點，眞是太好了。

「媽？」阿夕發現我在路邊傻笑，怔了下，趕緊架開花花下車。我揮揮手跟他表示不用介意，請繼續培養感情。

「林阿姨。」花花跟著跳下車，熱情滿點跟我打招呼，一掃昨日陰霾。「這些東西你們盡量吃，不用客氣，都算在我身上！」

然後她就跑去巷口攔計程車，用可愛的口形跟我道別。

「下次我再來看那隻熊，掰掰！」

啊啊，花花，別那麼急嘛，妳今天就可以看熊呀！

阿夕在旁邊默默清點食材，對上我曖昧的笑容，不置可否。

「小七幫她做的清理值幾十萬，至少要拿點回扣。」阿夕頂了下眼鏡。

不用解釋了啦，媽媽都明白。

另一邊傳來男女對吼的吵鬧聲，男的聽起來像小七，我看過去，眞的是我家小兒子和一個側邊綁著糖果髮束的女孩子，一路從紅綠燈罵到巷子口。

「林明朝，你社團志願單趕快交出來啦！」

「妳很煩咧！我沒興趣就是沒興趣，不要拿蘇老師來壓我！」

「你是轉學生，要快點融入學校生活啊！」

「關妳屁事！」

現在小朋友眞是活力充沛，很好很好。

小七沒多久就看到我跟阿夕都在觀察他們吵嘴，站定腳步，把那個女生往回推。

「我家到了啦，妳趕快回去！」

「那，你要記得哦！」小糖果鼓起雙頰，認眞地和小七說再見。

我不知道感嘆幾次了，我家兒子們怎麼那麼優秀呢？

「她又在發什麼神經？」小七過來幫忙他大哥提袋子。

「別管，她高興就好。」

然後我大小兒子把他們感動不已的媽媽聯手拖回我們溫暖的小窩。

晚餐特別豐盛，阿夕在小七對食物來源起疑前，誆他這是市集年終清倉，小七也就一直吃，我想小兒子應該還會被出賣好幾次。

吃飽喝足，我把熊寶貝抱去洗澡，被他們厲聲阻止。

我就洗呀洗的，聽見客廳有討論聲，偷偷披了浴巾溜出來，打探一下兩人一熊的祕密會議。湊熱鬧的熊寶貝沒多久就被小七塞到沙發底下，不准小熊介入另一個世界的討論大會，然後熊熊哭著從椅子下鑽出來，挨到阿夕背後。

如果我現在過去旁聽，大概也會遭到同樣的下場。

「你再哭，我就把你寄到北極去變北極熊！」

「好啦，他和媽不一樣，他不會惹事。」

哭哭，阿夕你怎麼這樣說你媽咪？

「這是我從她身上拿到的，你看一下。」阿夕很快地進入正題，把類似毛髮的絲狀物放到小七手中。

小七瞇起異色眼瞳，貼近點看，突然打了個噴嚏。

「沒錯，就是它，我對妖怪過敏。」小七擤著鼻水，熊寶貝又抽了一張衛生紙給他，他只好讓有功的熊爬回他大腿。「我沒見過，驅逐的方法還得去找。不過，我想不透那個妖怪爲什麼要把事情鬧大？又沒好處。」

「不需要理解吧?」阿夕溫和摸著熊寶貝的腦袋。

「你當陽世只有人住啊?」小七不採納阿夕的意見。「說到人，你不覺得太誇張嗎?有什麼深仇大恨非要置人於死地?」

「我一見到她，就知道原因，再淺顯不過。」阿夕露出似笑非笑的表情，小七直接在他面前打冷顫。「你該慶幸你一輩子都無法了解。」

「別小看我，老子只是暫時還摸不出你的底。」

「怎麼會低估你呢?白派最後一脈傳人可是震驚三界的大人物。」

小七猛然起身，在他膝上的熊寶貝冷不防摔個四腳朝天。一二三，小寶貝放聲大哭之前，被阿夕抱回懷裡哄住，整個房子安靜下來。

「我沒有別的意思，你不用太緊張。」阿夕從茶几下拿出煎餅，在小七前面晃晃，誘使他弟弟重新坐好說話。「這件事你應付得來吧?」

「嗯。」小七應了聲，煎餅在嘴裡咔嚓作響。「你囂張不了多久的。」

「最後一件事，也是最棘手的一件。」

「眞是個大麻煩。」小七臉色凝重。

「怎麼阻止媽來搗亂?」阿夕撐著額頭，看來苦思良久。

這不禁讓我想到周處除三害的故事，老媽我被他們列爲比妖怪、壞人還要難纏的角色，繼續哭哭。

「關了她。」小七二話不說，眞是白養這隻兔子。

「好主意，但是目標物相當狡詐，實行上需要相當的人力……媽，妳是蟑螂嗎？」

眞不幸，被小夕夕發現了。

我趴在沙發背面，用笑容帶過美麗的錯誤。我也想用人類雙腳站起來，可是老娘腳抽筋。

「大姊，妳不要亂動！」小七尖叫，而後爆出一連串髒字。

浴巾掉了，所以……嗯，不過在場的都是我的寶貝兒子，你們就一起脫了，咱們彼此分享吧！

阿夕很聽話地脫下外面的毛衣，迅速套在我身上。我對著他笑，示意他再接再厲，我們之間不需要衣物的隔閡，而且我想看阿夕漂亮的腹肌很久了。阿夕卻冷著臉比向我房間，我搖頭，我想參與他們不可思議的世界。

「進去，吹乾頭髮，把衣服換上！」阿夕一聲令下，我也只能含淚離去。

「她都是這麼變態嗎？」小七心有餘悸地問，我喜歡他可愛的小屁股，但我絕不是那種傢伙。

「我可是被她強制脫光光洗了三年澡。」阿夕語帶蒼涼。「她對小男生特別有興趣，你要習慣。」

「不可能！」

唉，這兩個孩子眞過分。

不知道是不是他們提到妖怪的關係，當晚，我作了過去的夢。

爺爺說，很久以前，人類說的話沒有分作中文和英文，所有活著的生物都能交朋友，所以就算古時候人不多，也不太會寂寞。

我從小就是行動派，馬上跑去村尾找大黃，繞住牠脖子，硬要牠跟我說話，跟我一起去上學。村子裡年輕人都外流了，大黃狗狗是我唯一的玩伴。

後來阿爸滿臉歉疚向地主大人道歉，拎著我回來，可是小萍兒不服氣，使勁在地上打滾，罵爺爺是大騙子，直到阿母笑咪咪地拿菜刀過來要剁了她女兒給公公進補，我才委屈地回被窩打滾。

有點痞子樣的小叔叫我多唸點書，他不信爺爺那套，什麼靈性、成精都是人類自以爲是，物種之間沒有共通的語言，自然也無法互相理解。

可是我去學校，大黃會叫一聲；我放學回來，大黃就開心叫了兩聲。牠知道林之萍跟牠可是從小拜把的好哥們，尾巴無條件借我玩。

爺爺出殯那時候，我家已經沒有人了，那天雨不小，剛好蓋住我的淚，只有大黃陪著我，一起感傷世事無常。

而後我要離鄉出外打拚，大黃送我，本來以為牠會跟我一起走，但牠的腳步停在村口，朝地主家吠吠，我就知道牠的選擇。

幾個月後，我接到地主女兒的電話，說大黃死了。地主女兒窘迫地說，她也不想糊里糊塗來報狗的訃聞，只是她家的狗斷氣之前，地主大人隱約聽到大黃叫了一聲：「阿萍。」

想到老朋友就一陣心酸，手上彷彿還有牠的觸感，忍不住抓著不放。

「啊啊，老子快成禿驢了，妳不要再拔了！」

嗚啊，我搞錯了，原來是兔子毛。

今早好大的陣仗，我的床邊有按著頭皮的小七、熊寶貝和襯衫阿夕。

「我知道、我都明白，你們是來要早安親親對不對？」真是的，這些愛撒嬌的小傢伙。

「呸呸！」小七一副快吐的樣子。

「不是的，媽。」阿夕溫柔地扳起我的大拇指，蓋上印泥。「為免夜長夢多，請妳簽下這份切結書。」

「慢等，what's that？」

老王的教誨：任何契約都要看過三遍以上。我抽過阿夕手上的單子，契約人是林啊之萍太太，她願意答應以下三件事，否則任由她的寶貝兒子們處置。

首先，遇到危險不可以像狗嗅到肉一樣追過去，必須立刻回家。

再來，鄭重放棄花花朋友長毛事件的參與權，下班後必須立刻回家。

最後，不准亂摸小七的屁屁，否則手爛掉。

「好好看著第三點，變態查某！」

「小七，爲什麼你要這樣貶低自己——」我好難過，小兒子長得這麼可愛，怎麼會想不開呢？

阿夕拍了拍小七顫抖的肩膀，接著，向我堆起誠摯的笑容。

「妳不用正確理解也沒關係，簽下它就是了。」

大兒子根本是強迫推銷，但媽媽我還眞不敢忤逆他。

「大姊，妳別想再仗著過去的福祿到處亂跑，妳左邊一個招禍的（比向阿夕），右邊一個倒運的（指向自己），出事的機會可是會大大提高。」

小七板著臉勸戒，我知道兒子們擔心我，呵呵，熊寶貝軟軟的好好捏。

「看吧，她有在聽才有鬼！」

「媽，別玩了。」阿夕抓走我的熊，「妳公司裡有我的眼線，風吹草動我都會知道，要小手段沒有益處，明白了嗎？」

迫於大兒子的淫威，我溫馴點頭，早餐吃到喉嚨滿才出門。

我不知道誰被阿夕收買了，但我相信老王絕對站在我這邊，包大人和林今夕不和也不是一年兩年的事。

「要我幫妳？開玩笑，有什麼好處！」嘖，看來我進貢的珍珠奶茶效果不大。

「小的小年夜來上工？」我諂媚地笑。

老王下垂的小眼睛瞥來一下，又斂起嘴角。

「小萍兒情人節一起跟你去死去死？」

老王嚼著大珍珠，又咬了一大口雞排。「太天眞了，林之萍。」

「大人，你好歹開個價嘛，這件事如果有個好結果，花花和阿夕就能更進一步了。」

「快點把妳那個寶貝兒子送走。」老王的新年新希望依然敵意濃厚。「哪有人家小孩五點一到就每整點查勤一次，他是妳兒子還是妳老公啊？」

「有這回事？」我怎麼沒接過阿夕的關心媽咪電話？

「當然，我全替妳掛了，十年，這十年我眞的受夠了！」老王啓動了憤怒的碎碎唸模式，我得快點轉移話題。「雖然我的立場不足，但妳多少還是防著他，省得後悔莫及。」

「防著今夕？我最最寶貝的好兒子？」老王的話通常很有道理，但剛才所說的我完全無法理解。

「不聽拉倒，那也是妳自作孽。」

我忍不住擺出聖潔的笑容：「哎，這樣就那樣，自然最好，給我花花家的地圖吧！」

老王氣得發抖，雙下巴一顫一顫的，看得我眞想冒死拉拉看那層贅肉。

「林之萍，告訴我，有必要向白痴勸告她日後的危難嗎？」

「親愛的，如果你說的白痴就是我，當然快快告訴我咱家王大師的預言啦！」

「人是種不純粹的生物，我們學習所得的價値觀通常是爲了更能讓自己在社會存活下去，有善也有惡，妳同意嗎？」

我直點頭，像是包大神最虔誠的信徒。

「我姑且將善惡之人分成兩個極端，全善的叫『天聖者』，全惡的稱作『獄魔鬼』，雖然似乎是完全相反的存在，但成就兩者的過程極度相似。當他們走完人生的大道，身後必定屍橫遍野，只差在一個踩著血上去，另一個踏著血下去。」

我吞了口唾沫，說故事就說故事，爲什麼老王盯得我背後發毛？

「我不希望妳付出那麼多，到最後只是人家的一塊踏板。」

「哎呀？」

「妳就不能養個普通一點的小孩嗎？」

終於來了一句我聽得懂的關心。

「我家阿夕和小七也是人模人樣，沒多一個鼻子還是尾巴，只是比較特別。」老王巴住臉，不想再跟我多說半個字。我和他糾纏良久，他才推推托托給了一張花花老家的地圖，他以為我只要去晃晃就能滿足好奇心，我也再三保證，身為普通人，只幹普通事。

所以我只是約了美麗的花花下班後來喝個茶，沒有鬼沒有神只有美人兒，夠普通吧？

「林阿姨！」

花花今個穿了緊身牛仔褲，輕飄的紡紗衣在風裡飛著，路過的男人都在看。你們別肖想了，這是我內定兒媳。

「小花，胸部大啦，想吃什麼，阿姨請客。」我笑瞇了眼，以後她和阿夕生的孩子一定很可愛。

「我是茵茵。」花花回以倩笑。「我有在打工，應該是我請妳才對。」

各位看倌，看看這孩子多麼懂事，如果不疼她兩下還是人嗎？

花花選了附近一家精品館附屬的咖啡廳，一進門就朝服務吧台亮出貴賓卡，經理馬上出來帶我們到最舒適的沙發位，並感謝花花小姐光臨本店，半價優惠。

店內的客人認出花花這位名模，幾個偷拿起手機照相，花花沒發現，而我與有榮焉。

「大明星，簽名、簽名！」我拿出歐巴桑的碎花手帕，請花花給我留下永恆的紀念。

「林阿姨，妳眞是的。」花花無奈地笑了下，這個動作和林今夕有些相似，果然在一起久了就會有夫妻臉。找不到簽字筆的她，只好在手帕吻上唇印。

我忍不住給花花抱個滿懷，大嬸我眞是太幸福了。

「什麼時候要來當林家的花呀？這裡有現成的奶奶可以帶小孩喔！」

花花還是微笑著，但神情不住哀傷。

「我和林今夕恐怕再也不可能了。」

晴天霹靂，最近圍繞在她和阿夕四周的粉紅泡泡，難道不是復合的前兆嗎？

「我明知道他很重視妳還是傷害了妳，林今夕不可能再接受我。」

「等等，什麼傷害？是『心被妳偷走了』這種傷害嗎？」我掛在房間的花花泳裝海報果然是被阿夕收起來。

「上次我潑了妳一身茶還出言不遜，妳當初對我是這麼地好，收留我、鼓勵我，把我當作女兒疼愛，我卻爲了流言蜚語，恩將仇報。」花花輕嘆口氣。「我想了很久，別說林今夕小心眼，我都不能原諒我自己。」

那點小事我都忘了，花花卻銘記於心，還爲此自責著。

「小花，可是妳喜歡阿夕吧？」

花花抿住嘴，艱難地「嗯」了一聲。

「那就再試試吧。」我搭住她雙手手背，喜歡一個人還要硬逼自己放棄，實在太痛苦了。

「可是我怎麼也比不上妳。」

妳追的是阿夕，拿阿夕他老媽來比較又是何苦？

「花花，妳沒發燒啊，怎麼說這種傻話呢？不論是相貌、才識還是魅力，妳如果說是世界第二，林阿姨也只能拿世界第三。」我伸手摸摸她的劉海，給她打氣。「我的大美人，與其嘆氣，還不如笑一個給我看看。」

花花怯生生望著我，雙眼濕潤，好像等待好心人收養的小狗，我環住她的背脊，讓她順勢窩在我懷裡。

「林阿姨，對不起……」

「心肝寶貝，別哭別哭，阿姨疼妳喲！」

「我明知道妳心軟，還把妳拉下來蹚渾水，林今夕不可能不管妳，是我利用了妳。」

話不是這麼說的，這一切只是我想滿足敝人的好奇心，弄得花花受到良心譴責，太過意不去了。

我把鑰匙圈吊飾拔下來，是小七買給我的狐狸狗，對付女孩子就是要用可愛的小東西來轉移話題。

「小花，妳小時候有沒有養過寵物？」

花花成功止住眼淚，怔怔盯住桌上的狐狸狗。

「有，出事那天晚上我還夢到牠，是紅毛狗，品種和這個很像，養在老家的閣樓。」

「阿姨小時候和一隻大黃狗是換帖兄弟，妳和紅毛狗感情好嗎？」

「林阿姨，人和狗怎麼會是兄弟呢？」才幾句話，花花就被我逗得破涕而笑，成就感很大啊！「不過，我和牠之間也不像主人和寵物，而是更親密、更平等一些的關係，但是我父母不喜歡牠，一見到牠就尖叫。」

「我不是批評妳爸媽，但有些人就是不明白狗狗的魅力。」

花花忍不住和我同仇敵愾，想到小時候被迫和心愛的狗兒分離，她就難過。

「我走的時候和牠做過約定，以後會回來找牠，而且一定會讓我的孩子養狗。但我不僅沒有回去找牠，也沒有給我的小孩成人的機會。本來以爲長大了就能掌握自己的人生，卻被我搞得一塌糊塗。」

我也好想養狗，只是家裡小孩（林今夕）不喜歡，害我只能養兔子和熊。

「小花兒，妳幾歲啦？記得和我家今夕同年是吧？妳才過了我一半的年紀，聰明人不會拿過去的區區十年來否定未來的七十年、八十年。」

花花握緊拳頭，然後奮然抬起她那張讓百花失色的臉龐。我在總經理身邊看過的美女不在話下，但這一刻的花兒，眞是美得嚇人。

「是呀，路總是要走下去。」

我在人生路上跌跌撞撞好幾次才領悟的道理，她已經深刻明白到了，以後還會繼續成長，成爲最亮眼的那朵春華。

所以身爲花瓶的大嬸我，有義務除去那些害她無法綻放的壞蟲子，笑容滿面地做出長輩的提議。

「那麼，我們一起去探望妳朋友好嗎？說不定情況會好轉許多。」

花花有些爲難，但我不會因此氣餒，臉皮厚才能行遍全世界。

「可是綺不太喜歡妳，並不是妳不好，而是……」

而是林今夕的關係。

阿夕和花花交往時，鮮少兩人單獨約會。花花一向大方，把她最好的朋友都帶上，獨樂樂不如眾樂樂，四人行，包山包海地玩。當時阿夕手機裡的來電冠軍不是花花，而是龐心綺小姐。

不是朋友也不是女朋友的關係，就是林今夕與龐心綺的關係。

我一度懷疑兒子劈腿，力勸他別幹這種傷人心的歹事。媽媽當初車禍躺在醫院，卻收到男朋友的喜帖，那眞是天崩地裂呀，就算長得再帥再有魅力，做人的道理還是要懂得。

阿夕卻說他不喜歡龐心綺，討厭得要命，叫我不要想太多。

但是兒子是我養的，我怎麼會不知道他的性格？就算拿槍在他背後抵著，他也不會違背自己的心意，向他人低頭。

在老媽強力地追問下，打滾、裝哭、減三十歲向今夕哥哥撒嬌，阿夕終於受不了，透出一點點口風。

龐心綺猜到一個阿夕身邊的人都不曉得，他藏了又藏的想法。

「兒子，連我也不知道嗎？」

「媽，最好妳一輩子都不要知道。」

我就想，這女人眞是不簡單，竟然能咬住阿夕的軟肋。

但從另一個方面看來，又傻到骨子裡。不單論心高氣傲的阿夕，男人不可能喜愛威脅他們的女人，就像敝公司總經理和董事長那對怨偶，好好的一對夫妻，爲什麼會變得彼此怨恨？如果理由卻是愛的話，也實在太蠢了。

「小花，不入虎穴，哪偷抱得到可愛的小老虎？」

我很堅持，花花拗不過我，我們一對絕世義母女手便牽著手，前往她與友人合租的住處。

高級住宅區，名家設計，月租八萬，三房兩廳。我以爲已經適應這冷暖社會的貧富差距，但當我們來到大廈門口，四個西裝筆挺的大樓管理員朝花花鞠躬問候，搶著按電梯服務，忍不住覺得當大爺眞好。

月租八萬是林今夕說的，和花花她們第一次出去玩之後，回來喃喃了兩遍。

「小地方，請妳隨意。」花花笑著爲我開門，映入眼前的是黑亮的柚木地板，還有旋轉梯通往上層的交誼廳。

「阿夕有在這裡過夜嗎？」我偷問一句，被花花搥了下肩膀。

「我們留了他好幾次，可是我和綺和琳，三個女孩子都比不上有妳在的地方。」

「好可惜呢……」我兒子眞是暴殄天物。

房子很漂亮，又住著美女，唯一美中不足之處，就是室內太過陰冷，所有窗口都拉下厚重的窗簾，透不進光。

我以爲冷意是因爲高樓層的緣故，但花花領我到她朋友的房間，愈靠近，我身上的寒毛就豎得愈高，像是房間裡頭不是躺一個人而是一座冰山。

當花花打開門，我更是冷得直發抖，床上沒有冰山，倒有一尊冰山美人，剪著齊耳的俏麗短髮，厚唇大眼，即使臉病成鐵青色，眉間那股淩人氣勢依舊不減半分。上次情況危急，沒細看清楚，但她的臉和董事長眞的有七分像，不愧是姑姪。

龐心綺原本帶了絲期盼看過來，發現是我而不是某個大帥哥，立刻變臉。

「茵，妳帶她來做什麼！」

「綺，林阿姨是關心妳，她很有經驗的。」

十二年優良人母經歷，處理過百件有餘靈異現象，再倔強的死小孩也有辦法逮去收驚。花花的誇獎，林之萍當之無愧！

「給我滾出去，賤女人！」

「心綺，妳不要這樣。」花花上前攔住龐心綺攻擊性的動作，但我看得出來病人已經病得下不了床，所以還是老神在在站在原地。

龐心綺好一會才平靜下來，用指甲扒了臉頰兩下，我在她手臂上看到花花所說的怪毛，稀疏一片。

「我看她年紀一把才不好意思說，這女人可是破壞別人家庭的第三者，是狐狸精！」

我當下十分確定這女孩和老太婆有濃厚的血緣關係。

「綺，妳在做什麼！」

「她看我家有錢，我堂哥都有未婚妻了還去勾引他。」龐心綺抓著手臂的毛，似乎疼癢難耐。「不知廉恥，茵，我告訴妳，這女人眞的很噁心，滿嘴謊言，只想上男人的床。」

花花看著我，十分抱歉，她可能以爲友人怪病纏身才說出這種話。

談。

「那個，小花，我有點渴。」請原諒我支使小公主去泡茶，就爲了能和病人好好談談。

花花不安地來回看向我和病人，我好不容易才勸服她暫時離開。

好了，現在房裡剩我跟龐千金，先讓我以長輩的身分開口吧！

「妳呀，爲什麼要這麼做？」

龐心綺瞪大血絲遍布的雙眼，還要我說得更淺白嗎？

「老實說，我第一次見到花花，她幾乎是素行不良的代表。爲了我兒子，不抽菸不喝酒不熬夜不玩男人，這麼有決心的孩子，以後一定很不簡單吧？」

病人張開嘴，喉頭發出嘎嘎聲響。

「她都走回正路了，妳爲什麼要再讓她走偏？發生那種事，爲什麼不報警？妳擔心什麼被發現？妳到底想對花花做什麼？」

龐心綺突然大笑起來，但我可沒有說笑話。

「茵茵她什麼都有，我站在她身邊總是被人家比較，她眞討厭。」

她用甜美的聲音說著，聽得我好冷。

「妳都不懂她超賤的，最喜歡給男人上，我介紹一個，她就玩一個。」

冷啊，想到花花這些日子忙著爲害她的好友奔波，我就心寒。

「我比她乾淨多了。」龐心綺彎起病態的微笑。「可是林今夕爲什麼要她不要我？男人就是犯賤！」

眞的很冷，冷到我四肢僵硬。

「我求了大仙很久，他們好不容易分手，茵卻老是想和他復合，太可惡了，這女人的眞面目一定要讓大家知道，所以我就找了人手，請他們好好玩弄她。在她家裡，就算告上去也不會有人相信她不是自願的。這計畫我想了很久啊，眞討厭，怎麼會失敗呢？」

「人在做，天在看。」或是更貼近人們的東西在守著花花。「一個女孩子，這樣好嗎？不要再做這種事了。」

「妳也很討厭，大仙說，要得到林今夕，一定要除掉妳。」她的目光已經游離開來，灰暗無神。

「哎呀，妳一個弱女子想跟大嬸打嗎？」我自認有七分勝算，她卻笑到嘴角裂開，淌著鮮血，人臉浮上黑臉。

房間這麼暗，我可能幻視了也說不定。她上前勒住我的脖子，我卻連反擊的力量也沒有，神經遭到凍結，一點一滴墜入黑暗中。

「花花，小心……」

探個病也被暗算，始料未及，要是有什麼萬一……

兒子們一定會宰了我。

□

前情提要，大家好，我叫林之萍，是名三十多一點點的現代女性，家裡有三個小孩，大兒子長得很帥，二兒子是熊熊，小兒子是彆扭的兔子。我個人沒什麼缺點，優點實在說不完，歡迎喜歡小孩的好男人一起來交流交流，妾身的電話如下……

怎麼辦，經過上述如此鉅細靡遺地回想，我還是想不起來爲什麼一覺醒來會被捆在這個昏暗的空間？

灰塵好多，不過我的小嘴巴被膠帶封住了，連咳嗽都不能。手動一動，腳踢一踢，太好了，繩子綁得可眞緊。

這裡是哪裡？現在是什麼時候？阿夕晚餐煮了什麼好料？我沒一個頭緒。

因爲某種原因，我沒有被咔嚓掉扔到太平洋餵鯊魚，但當下的安全不知道能維持多久，而且我肚子好餓，必須想法子脫離困境。

「小姐，要怎麼處置她？」我聽見下方傳來油膩的男聲。

「等茵茵來了再說，要讓林今夕發現他的親親媽咪死在她家，我再去安慰他。」這女生眞是太邪惡了。龐心綺，妳好狠的心啊！

比起花花，她對阿夕的了解恐怕停留在阿夕的臉皮上。林今夕絕不是出了事會呆坐給人安慰的纖細美男子，他會要所有人爲他老媽血祭。

希望事情不要發展成那個地步，不然熊寶貝和小七誰來照顧？

「那我能不能先玩她幾次？那女人身材眞好，腿眞漂亮。」

哎呀呀，我的雞皮疙瘩一顆顆跳起來，最近遇到變態的機率好像高了點。前些日子才有一個跟到我家巷口，被阿夕和小七逮個正著，宰得乾淨俐落。

巴掌聲響起，接著是男人的痛叫，我不得不稱讚這一手打得好。

「她下面有傷，怎麼栽贓給茵茵！」龐心綺氣得大吼。

這女孩似乎是花花從小一起長大的朋友，這告訴我們，沒朋友也未必是壞事。

我旁邊有個黑色塑膠袋，原本應該蓋在我的頭上阻隔視聽，不知道怎麼掉了，讓我好歹可以透過天花板縫隙看到下面的情況。從他們的對話可以了解，這間擺設典雅的房子是花花老家，過不久就會發生中年婦女謀殺案。

我在不發出聲響的情況下試著滾動身體，看看能不能碰到什麼尖銳的物品解開身上的束縛。滾了很久，剪刀、美工刀沒找到，倒是壓到幾顆形狀不規則的小珠子。

我奮力仰起脖子一看，原來是小孩子的牙齒。好懷念，阿夕以前掉牙，我都往樓上亂扔，砸到人，然後被小夕夕壓去跟鄰居道歉。

嘎嘎，天花板震動起來，我往下瞄去，原來是龐心綺踩著階梯上來確認我的死活。不妙，距離太遠，我來不及滾回原位。

「綺！」這一聲動聽的呼喚止住龐心綺的動作，花花有如仙女下凡登場了。

「茵，妳來得正好。」龐心綺趕緊下樓，對進門的花花露出虛弱的笑容。「這一位是我姑姑請來的師父，他一定能救我們的！」

白爛啦，那男人只是個色胚！

我望下去，只見花花和男人握手，衷心拜託這個神棍，而男人偷偷盯著花花的大腿，一臉淫相。

「妳去休息，給大師處理就好。」龐心綺摟著花花的右手，花花神色憂愁。

「妳昨天跟林阿姨說了什麼，她怎麼會突然離開？我問今夕，他說林阿姨沒有回家呀！」

花花，妳的林阿姨在這裡！我想過弄出一些聲音吸引花花的注意，但又怕那兩個歹徒心一橫，把花花也給拆了滅口。

「妳幹嘛告訴林今夕！這麼愛裝小女人！」龐心綺勃然大怒，花花顯然被她的怒火嚇得一怔。

我家孩子知道他們媽媽出事了，這到底算好事還是壞事？

「林阿姨是他們家的支柱，這麼重要的事怎麼能不說？」

小公主的想法很好，但身爲當事人，我只要想到寶貝兒子接到消息的反應就冷汗直流。

「拜託，那女人都四十幾了還纏著她兒子不放，單親就是有這種問題，噁心，眞是噁心死了！」

原來外面的人會這麼看待阿夕，我是不是該獨立點比較好？

花花望著龐心綺，搖搖頭。

「林阿姨從來沒說過我不三不四，我只要做了一點努力，她就會誇我做得很好。我墮胎那一次，爹地媽咪對我好失望，今夕知道了也是，她卻願意給我站起來的機會，我不想再回到那時候了。」

「妳被那女人騙了！茵，聽著，我是爲妳好，不要再跟那女人有瓜葛，她絕對是妳和林今夕間的阻礙！」

龐心綺說得面目猙獰，我看得心驚膽戰，敢情她是把自己套在花花的角色裡，非把民婦置之死地不可。

「大師，請你救救我朋友！」花花直接認定某人瘋了，讓龐心綺一整個下不了台。

「貧道盡力而爲。」那男人還是在看花花的大腿。「我們還是先入室參詳這棟凶宅的問題。」

男人給龐心綺打了眼神，獲得龐小姐的首肯。啊啊，你們是想對我兒媳婦做什麼！

我踹了天花板一腳，底下的三人受到驚擾，紛紛抬頭往上看。

「兩位小姐請先歇息，貧道上去探看情況。」

我一雙腿在入口等著，等神棍的頭出現就給他卯下去。這是下下之策，如非必要我也不想賭命，但他們早就在等花花來之後把我幹掉。

我看到男人摸索腰際的工具，黑色的一把，靠么，誰來告訴我爲什麼區區一個神棍會有手槍！

就在這個瞬間，門鈴大響，男人猶豫好一會兒，還是聽從龐小姐的指示跟她們一起去應門，我的生命倒數計時，請上門的推銷員多加把勁。

「妳還眞是好狗運，一連兩次了。」

誰，在說話？

「不過是個上了年紀的人類女子，沒什麼特別的。」

我使勁扭過頭，發現應該空無一物的天花板夾層多了一個人，頭上戴著酒甕子，只看得到他鼻子以下的樣子。

鬼呀！

「我這麼美麗的生物怎麼會和低俗的鬼扯上關係？」對方哼了一聲，整理那身艷紅的單衣。

他這個愛漂亮的行徑讓我注意到一個差點被黑暗蓋過的重點——尾巴，他衣服底下有條大毛尾巴，紅色的！

我雙眼發亮，極盡所能想要摸個一下，他卻把尾巴甩到右邊，等我滾過去，又把尾巴甩到左邊。

我失敗了兩、三次，決定進入正題。

我在心裡誠心祈求：大仙呀，幫幫人家吧？

「不要，我最討厭人類了。」他毫不猶豫地拒絕了。

我這個週末答應要帶小兒子去畫畫，早就說好了，小七很期待阿夕的野餐籃呢，怎麼可以毀約？

「關我什麼事？又沒好處！」他說話總有陶甕的回音，還有金屬的共鳴聲，聽起來有些勉強，但他還是抱怨不停。

「你幫我，我幫你，怎麼樣？」

這個毛尾巴人會出現在我眼前，總是有他的緣由。

「你們人類說話都不算話，我只是看你們怎麼自相殘殺。」

冤枉啊，他們要害我，我可沒他們那麼無聊。

「我們總經理說，謝家要賣掉這片土地，已經開放競標了，包括這棟別墅。」

他的頭仰得高高的，裝作不在意，但垂下的尾巴洩露了他的心意。

「這裡有狐妖作祟，劉平是遲早的事。」他逞強著，把話說得事不關己。「你們人類總是忘恩負義，眞討厭。」

「你住習慣了，可以跟房東反應嘛，房客也是有權利的！」我偷偷接近他的尾巴，被他當蒼蠅掃走，唔啊！

「這明明是我的家。」自稱是「狐妖」的那人抿了下帶痣的唇角，有種優雅的嫵媚。

「妳難道不知道人類怎麼跟妖怪談判？他們都去找道士，人類的道士！」

「也是有好道士吧？」像我家那隻兔子。

「妳聽過道士說妖怪好話嗎？」

毛尾巴和小七說了同樣的台詞，我用爺爺的故事跟他辯解，做不到友善，但總可以中立地判斷人妖間的是非對錯。

他好像睨了我一眼，沉吟好一會。

「好吧，很久以前，的確是有一個道家門派可以斡旋兩界，不過早就滅亡了。」狐仙動動尾巴，看我非常有興趣，他也清清壞掉的喉嚨說下去。「我剛搬來這座島，正逢白派最興盛的時期，那時候只要他們一個弟子出巡，沒有鬼怪敢出來作亂。」

眞了不起，在我懷想那群特異功能分子時，狐仙大人補了惡意的微笑。

「可是囂張也沒多久，後來全死光了，這就是你們人鬼之間的報應機制啊！」

我嗚叫幾聲抗議，就算好人沒好報，也不該是人家的笑柄。他看我生氣，反而更高興。

「那時候，戰火終於掃來這塊世外桃源，有東西跟著軍隊渡海過來，很厲害的東西，嚇得其他什麼天師都跑光了，剩白派整門傻子出來擋，被殺到剩下一個。這件事鬧得可大著呢，這裡每隻老妖怪都知道，不過你們人類卻沒幾個記得，人類最善忘了。」

我屏住呼吸，我知道至少還有一個人記得。

不知不覺，狐狸仙人收起戲謔的態度，他其實也不覺得這個血編成的故事有趣，說說發洩而已。

「就剩下那一個，一個人屠完所有妖孽，著實讓三界安靜一段時間。我們很怕他會清空整座島上的妖怪，但他沒這麼做，人類最喜歡遷怒了，可是他沒有，所以他是值得信任的道士，妳把他找來，我就放妳走。」

「還活著嗎？」我只是確認一下。

「廢話，早死了，被人害死的，你們人類連同類都不放過，這麼邪惡的種族怎麼還不滅亡？」

「你又爲什麼住在人類的房子裡？」

「這裡是我家！」狐仙氣憤地重申一次。「欺騙我、囚禁我、殺死我的都是你們人類，我看了就噁心！」

「所以你才會去報復花花？」

狐仙顫抖雙唇，那頂酒甕更顯得滑稽。

「不是吧？花花能逃過險境，是你救了她吧？寧願鬧狐祟被拆去棲身之所，也要保她安全，不是嗎？」

「你們、你們人類……」

「如果你眞的討厭，就不會想去看我這麼一張人類的臉了。」塑膠袋是他弄掉的，得證。

底下有人影回來了，眞糟糕，顧著聊天忘了逃命，可是有話不說我會死。

總之，龐心綺帶頭走回大廳，我看她瞪向天花板，帶著些許驚惶失措。

接著的神棍男子，他小聲請示龐小姐該怎麼辦，得到一句「閉嘴」作結。

再來是花花，美麗的臉龐仍舊憂愁，不過多了點陽光。

子。

最後是兩個男孩子，一個修長冷峻，一個清秀可愛，好面熟，好像是我那兩個寶貝兒子。

「花花姊姊，打擾了。」小七擠出僵硬的微笑，就算是緊繃的笑臉，那綿軟的感覺還是很吸引人，好想捏一捏啊！

「花……茵茵，不好意思，想借妳家給我弟的美術作業當範本。」阿夕對花花溫柔地說，因爲太溫柔了所以顯得虛假，暴風雨前的寧靜。

「好是好，可是，林阿姨呢？」花花好擔心我，讓林阿姨感到心頭一暖。

「她就是愛亂跑，沒關係的。」阿夕和小七對看一眼，然後意味深長地說：「我們會找到她的。」

看到心愛的兒子們，媽咪我開心得都快哭了。

「怎麼？妳仇家？」狐狸問，而我竟然下意識點頭，有一半的眼淚是爲自己的死期而流下。

底下的人站成一團，爲了一個可愛高中生來借地方畫圖這件事爭論不休。龐心綺想盡辦法要說服阿夕離開，但我大兒子聽了，只是溫和地瞇起眸子。

而那個可愛的高中生安靜地坐在一邊，從兔子背包裡拿出熊寶貝和其他畫具，我看小七捏著熊寶貝的臉頰，慎重交代熊熊「要乖」，媽媽不見了的熊寶貝也只能忍著哭聲點頭。

「爲什麼帶了嬰靈過來?」狐仙大人從阿夕、小七進門後一直很緊繃,尾巴都豎得高高的,我想拉他尾巴,告訴他別緊張。

沒有爲什麼,只是把熊寶貝一個人放在家裡,他會哭個不停,鄭王爺怎麼哄都沒用。

「誰准你留下來的!」龐心綺突然過去把小七整理好的顏料全部掃開,小七睁大眼,顯得可憐無辜。

「妳幹嘛!這是大姊買給我的!」小七抱緊也差點被抓去摔的熊寶貝。

花花出聲制止前,阿夕叫她不用在意,俐落收起四散的彩色罐子,還摸摸小七的頭安撫他。

雖然阿夕平常就疼他弟,但我覺得他是刻意做給龐心綺看的,讓龐心綺對著小七兔子咬牙切齒。

「我弟弟很乖,就是有些內向,他難得央求我一次,雖然知道會給妳們添麻煩,也是想盡點兄長的責任。不好意思,不會耽誤你們太久。」

小七皺眉聽著阿夕的謊言,被阿夕踢鞋板後,才微聲表示「拜託了」。

「不行,等一會貧道要爲這棟房子作法,閒雜人等會影響我,請速速離去。」神棍板起臉,換句話說,不是美女不要來。

「你是道士?」小七「啊」了聲,阿夕只是含蓄地挑起眉。「青菜你個蘿蔔!」

補充一下，蘇老師最近在推行好寶寶禮貌運動，想改善現代中學生飆髒話耍帥的習慣，小七用他的方式不斷努力著。

「白先生可是張大天師的好朋友，白派當今的傳人，沒眼光！」龐心綺爲神棍男人挺身而出，我看到了主僕情誼。

神棍昂起臉，高深莫測看向天花板，大概自以爲很帥，可惜他旁邊站著阿夕。

小七瀕臨爆發邊緣，但又爲了他內向可愛的角色設定忍耐不已，悶著氣，往調色盤倒墨水，提筆，點上畫紙，隨著黑色在白色的紙面上暈開，房子震動起來。

在場除了神棍男子，其他人或多或少都感覺到這棟建築物的變化，小七沒有理會發傻的旁人，逕自往圖紙勾勒出廳堂的風景，原來我家小兒子這麼有藝術天分。

「他在封鎖屋子。」狐仙似乎面臨到兔子的挑戰。「他們很聰明嘛，用畫圖當藉口拖延時間。」

聽到兒子們被誇獎，我暗地得意一下。我相信阿夕小心謹慎，但總忍不住擔心神棍仔腰間那把槍。

「心綺，茵茵她有認識新男友嗎？」阿夕有些傷腦筋地說，成功轉移小姐們的注意。

花花嬌羞拉住阿夕的手指，龐心綺則是臉色青白一陣，阿夕就是擅長拐彎抹角給人難堪。

「你們快點復合啦，眞討厭……」

龐心綺逞強說著，我看她都快哭出來了，一時之間，不免覺得她可憐。

「她是不是看上那個男的？」她是花花，男的是阿夕。

狐仙突然質問我，語氣沉重，我連忙在心裡回應瞎子都看得出來的答案，花花可是目前世上唯二能惹阿夕笑的女性同胞。

「那個男的只是披了人皮，他根本不是……」

同時間，阿夕偏灰色的眼珠往上看來，我以爲他發現了老媽，沒想到目標物是狐仙大人，狐狸不住後退。

阿夕勾起笑，收回目光，拍拍小七的肩，熊寶貝先寄放到花花手上，兩人一起往廁所走去。

剩下的小姐們和神棍大概很疑惑他們兄弟倆怎麼共用一個小便池吧？

「狐仙大人，請告訴我那兩個男孩子尿尿的方式。」媽媽我也非常好奇。

「那種污穢的地方我才不看！」毛狐狸別過頭去。

唉，眞可惜。

「他們是來找妳的吧？」

沒錯，那兩個都是我兒子，很乖很聰明。

「下面兩個人類打算要傷害她，他們來了才不敢動手。」

狐仙大人希望保護好花花，我想，我們可以一起努力。

「只要我把妳藏起來，他們就不會走了。」說著，狐仙脫下他的單衣，我沒有看到令人血脈賁張的胴體，他裡面還有一件暗紅色薄衫。

他拿衣服蓋住我的背，自己冷颼颼縮成一團。因爲那件薄內衣短了許多，他乾巴巴的手腕腳踝跟著裸露出來。

我印象中的大黃總是胖嘟嘟的，怎麼這隻比流浪狗還瘦？

「混帳，別把狐狸和狗混在一起！」狐仙出聲抗議我的內心話。

你跟大黃在我眼中，都是「毛茸茸」這個美好的意象。

「我可是在妨礙妳脫身的機會，要把妳困在這裡。」他想僞裝成邪惡的妖怪，但我知道他的本意並非如此，要是可以，他也想和我做好朋友。「所以說，妳這個女人到底是多想玩我的尾巴！」

我把握空檔，成功撲得夢寐以求的毛團。大仙掙扎好一會兒終究由我去了。我枕著毛尾巴，調整好狐狸毛的位置，靜觀其變。他的擔憂沒錯，花花和我都命在旦夕，手無寸鐵的阿夕和小七必須在歹徒發現他們發現我之前帶走我跟花花。

龐心綺去隔壁房間打電話，找了幫手來別墅搞破壞。這樣耍大心機也就算了，她收了手機後，一個人在房間踱步，又哭又笑，不停喃喃自語，最清楚的句子是「我要林今夕」。

我瞄向冷得發抖的狐仙，龐心綺不正常應該不全是他的傑作。

「她被陰神寄生，活該。」狐仙幸災樂禍地為我解釋龐心綺的異狀。

「陰神？」天上是神，陰間是鬼，那陰神是什麼？

「就是特別厲害的鬼魅……妳很喜歡找機會跟我說話嘛！」

「因為肉票沒什麼樂趣，而且我們很投緣，我小時候村尾地主家有隻大狗叫作大黃……」

「閉嘴！」狐仙用力拉扯我的臉頰，痛痛痛！

這個我實在愛莫能助，林之萍就算天塌下來，也要繼續哈啦一萬年。對了，為了拉近彼此的距離，由雙方熟悉的話題下手好了，來聊一聊花花小公主。

「她說小時候家裡有一隻大狗狗，溫柔的狗狗。」

狐仙裝作沒聽見，但過了半分鐘，低頭跟我分享他的保母經驗。

「人類小孩沒腦子，搖搖尾巴她就上來了，頭上綁了兩撮毛，話都講不好，很喜歡抱著我撒嬌，好可愛。」

我也喜歡小朋友呢，一起來加入好媽媽同志的行列吧！

「她爹娘偏偏堅持要帶走她，她哭了好久，我都記得。」狐仙大人撥弄著手邊幾顆乳牙，雖然我看不見他的臉，但一定是柔軟的神情。「我甚至請夢拜託他們把她留給我，他們卻嚇得連夜逃走，她也走了。」

「做父母的會比較疑神疑鬼，不是眞的厭惡你。」

「你們人類如果養得好就算了，我好不容易等到她回來，她完全變了樣子……報應！誰教她背棄了我，和她的祖先一模一樣，都把我丟下來！」

狐仙乾枯的手指不自覺抓著冰冷的陶甕，嘶聲叫吼。

我遇見一隻傷心的狐狸，可是我現在被捆成肉粽，沒辦法用身體安撫他。

「我呀，住在兩個城鎭外的地方……」

話還沒說完，狐仙大人就用他爪子壓住我的嘴，可以感受到一股壓力往周圍聚集，卻不會讓人害怕。

皮鞋輕叩在地，從下往上浮現熟悉的身影，我家的小七寶貝在狐仙面前翩然現身。

「哈啾！」小七打了個大噴嚏，作爲華麗的開場白。「就說我討厭有毛的妖怪……喂，狐狸精，把那個女人交出來。」

「什麼女人？」狐仙把尾巴蓋在我頭上，我的脖子就像圍了溫暖的毛圍巾，死而無憾。

「一個很雜唸、神經神經、愛管閒事的老查某。」小七，你眞是個不孝子。「和那個魔怪對抗已經讓你很虛弱了，不要浪費額外的力氣去藏那個大麻煩。」

「你是哪邊的道士？」狐仙問。

「白派七仙。」小七做出奇怪的手勢，手指往胸口按了兩次，狐狸尾巴就鬆懈下來。

「難怪不一樣。」狐仙的話裡帶著些許傷感。「白仙，我有心願未了，冒犯到令堂請您見諒。」

我遇見的明明是隻驕傲的狐狸，卻恭恭敬敬往小七磕了下頭，爲了他放不下的牽掛。

「我大哥叫我別節外生枝，把我媽還來就不跟你計較。」小七苦著臉，把狐狸連著甕扶起來，甕恰巧順著他的手脫下。「你……如果你走不了，我就帶你離開吧？這個家已經沒什麼值得你留戀了。」

狐仙把酒甕顫顫戴回頭上，遮掩那張曾經非常美麗的容顏。

「我不需要憐憫，您要是不幫我，我就、我就殺了這女人！她對你很重要不是嗎？所以你才會千里而來，我沒有時間了！」

小七不應聲，輪流閉上左右眼，還是沒看到我在他腳邊，可見狐仙大人把我消失得眞徹底。

「大姊，回去好好反省吶，我要是捧著腦袋送人都是妳惹的禍。」小七不爽地埋怨道，回頭看向狐狸。「你說吧，我答應你。」

「請您，保住這個家。」

「好歹說要去報仇什麼的，笨蛋，執迷不悟！」小七用力拍打那頭酒甕，狐仙用尾巴塞住我鼻子，報復我這個小七的老母，等我張口咬回去他才鬆開。

狐仙勾起披在我身上的衣服，順道解開我手腳的繩結，我雙眼含淚望著重逢的小兒子（約莫分離了一天半），小七也看著他老媽好一會，鼻子抽了幾聲。

哦哦，我的小寶貝——

我還來不及準備好抱抱，小七就跳過來，掐住我脖子大吼。

「妳這算哪門子老母！就告訴妳會有災厄，我明說暗喻三次妳都當屁放過，害我連飯都吃不下，老子宰了妳這個妖孽！」

狐仙有些驚恐地看我們母子殘殺，我想跟他說人類有句老話：孩子是上輩子的冤家，所言甚是。

體罰完後，媽媽我跪在狐仙旁邊，誠心誠意聽小兒子訓誡。小七真的非常火大，不過他吼得再大聲，樓下卻聽不見，好神奇。

「昨晚我們沒洗澡沒睡覺，把妳可能出沒的所在全都翻過一遍，哭哭熊一直哭，最可怕是妳那個寶貝，在問到妳和別人要了別墅地圖之前，發出的氣冷得要命，他還摸我的頭笑著說要是拿我去祭天，老天爺說不定會告訴他妳的下落！」

唔，也就是說阿夕氣到壞掉了，就算我給大兒子一個安心抱抱，他也不會用「媽，妳沒事就好」，讓我打混過去。

「小七，對不起嘛！」我攬著小兔子的腰，磨蹭磨蹭，小七試圖扳開我這塊年糕，最後還是敗下陣來。

「老子到底是欠了妳什麼？」

就在小七一邊厭惡自己一邊在天花板走陣的時候，狐仙偷偷把我拉過去，嚴肅地跟我說悄悄話。

「這一尊和那一位都是妳的孩子？」

「對！」老娘噴出得意的鼻息。

「我不是勸妳，妳這女人去死一死對世界也比較好，成天籠罩在陰氣和仙氣兩個極端的氣場裡，沒有活人受得了。要是他們雙方一個失衡，妳的下場比死還慘。」

狐仙把他看到的情形轉述給我，我梳理他的尾巴毛，也不是沒在聽。

「嗯，如果要你不管花花的死活，去某個自然保育區開心地狂奔，你做得到嗎？」

「哼，別把我跟妳相提並論！」雖看不到狐大人的臉，但是我想得到他忿恨的表情。

「對了，之前的話沒說完，我呀，住在兩個城鎮外的地方，比這裡小了一點，大概比下面廁所大了兩坪。」

「那叫小很多！」

「地點不錯呢，公車站牌走個二十分鐘就到了，房貸只剩十五年，什麼鄰居都有，曾經發生槍戰呢，很有趣的地方。」

「我只感到一股窮人的悲哀。」

「哎呀，你真應該來看看，我家什麼都有，最多的就是愛了。Love！每天滋潤著我的皮膚和我親愛的孩子們，什麼都有喔……唔，不對，我漏了一項，我家那間小套房，少了一隻好狐狸！」

我笑著閃過狐仙扔來的酒甕，欣賞他難堪的模樣。就像小七所說的，他連賞我一記爪子都做不到，只能用他腐爛的雙眼瞪著我。淌著血水的眼眶裡，本來會有一雙水藍色的清眸，本來會有的。

從哪裡跌倒就要從哪裡爬起來，我們人類不管離婚多少次，都能再嫁回去，要多方嘗試才不會留在過去的傷痛裡。

「好處多多喔，你無聊的時候我會陪你說話，我無聊的時候你就能陪我聊天、讓我玩尾巴，讓我牽去公園散步和鄰居炫耀，冬天還能當圍巾，百利無一害呢！」

「得利的是妳這女人吧？」狐仙嚷嚷著，我賊笑兩聲，現在手自由了，可以攀住他的頸子，就像我的兒時玩伴。

「大姊。」小七回來了，狐狸推開我縮成一團，我難掩期待看著小兒子。「今夕哥交代，公寓不能養寵物。」

「可是我都養了兔子，也不差這一隻。」阿夕唸歸唸，還不是照顧得很好？

小七面露青筋，可是我實在不想再經歷一次人子的怨言，趕緊把注意力導引到下面。

「阿夕他一個人處理得來嗎？」

他們兄弟倆分工合作，不是人的部分交給小七，壞人那邊阿夕負責搞定。

「我這邊好了，他也差不多該動手。」小七將他的金項鍊翻過一圈，底下去噓噓的阿夕就從廁所走出來。

大家都很疑惑一雙璧玉般的兄弟進去，怎麼只有一個出來？阿夕歉然解釋，他弟弟還在拉肚子。

龐心綺的手機響了起來，她一接通電話，那個笑容就讓我覺得不妙，這表示她不用演戲了，無視正牌女友花花在場，直瞅著林今夕，我兒子也大方看向她。

神棍男人接收到龐小姐的指示，右手指著天花板，唸著沒人懂的經文，再猛然比向抱著熊寶貝的花花。

「就在妳身上，那東西！」

熊寶貝嚇到了，哽咽兩聲，然後放聲大哭，這男人竟敢嚇我們林家的小寶貝，從此十惡不赦。

林今夕立即扶著花花坐下，爲的就是把熊寶貝抱過來哄。

「什麼東西？請說清楚。」阿夕發出低魅的嗓音，神棍不禁抖了下，倒退兩步。「再給你一次機會，開口，說！」

開始了，阿夕的精神性逼供，神棍節節敗退，頻頻向龐心綺求助。

「是妖怪，對，這裡有很厲害的妖怪！」男人汗如雨下。

「哦？」阿夕摘下眼鏡，把那雙眼裸露出來。「眞的？你確定『見到了』？」

「啊，還有鬼，這屋子裡積了很多怨靈！」神棍退開腳步，撞到沙發腳，跌了一跤，還是止不住逃跑的動作。

「很好，沒幾個人敢在我眼前說謊。」阿夕說得輕鬆，但臉上完全沒有笑意。

我看到慌亂的男人拔出槍，不住驚叫，下一秒卻被小七摀住眼，槍聲響起，等小七放開手，阿夕還好端端站在原處，而神棍男人的嘴多出一個血洞，用槍裡的子彈貫穿自己。

「心綺。」阿夕轉頭喚住呆怔的龐小姐，綻開笑容。「下一個，換妳了。」

「大姊，他殺上癮了，妳快阻止他！」小七推了推我肩膀，我不是不想看惡人有惡報，但就是不太希望由阿夕做這種事。

我往天花板敲兩下，輕聲喚著大兒子的名字。

阿夕看上來，可惜還是看不見我。他惋惜般嘆口氣，沒有再對龐心綺施壓，只是蹲下去拿走男人的槍。

就在我以為平安無事的當下，突然間，一大群蒙面男人破門而入，大喊「搶劫！」接二連三的驚嚇已經害得花花花容失色，龐心綺卻難掩笑意。丟了神棍這枚棋子，她還是能走別的惡步。

阿夕站出來，平靜地向歹徒們表示不要對女孩子動手。

怎麼辦，一比二十，阿夕應付不來，但他又不能丟下兩個女孩逃走。

我一顆心懸在半空，想要下去助陣，好歹可以充當打手，卻被小七攔住，他對阿夕竟然比我這個母親還有信心。

「大姊，回來，沒有妳插手的餘地。」

「嗚嗚，小七，那媽媽只好玩你來度過漫長的危急時刻。」

「住手，不准碰我！」

上面的我們吵成一團，下面的阿夕依舊不慌不忙，戴回眼鏡，不忘摸摸熊熊的頭安撫，好像事情已經結束而不是正在高潮。

我忘了，龐心綺有暗樁，林今夕也有自己的人馬。

「警察！通通不准動！」

外面衝進第二團更大更有火力的公家幫派，歹徒們向內縮成一圈，有幾個想逃跑立刻被逮住、扣上手銬，不一會兒便完全控制住局面。人民保母訓練有素，我這個小老百姓致上最高的敬意。

不過，這效率也太好了吧？他們似乎就等著龐心綺出手，好活逮現行犯。

我記得，阿夕有個從高中一起唸上來的朋友，家裡清一色警界人士，叫作鴿子，不是麻雀或鳳凰，看起來像是遊戲花叢的花花公子，其實卻純情得很。

果然，人群中有個不是穿警察制服的年輕人，風度翩翩地從大後方走來，警察先生都得稱他一聲「夏公子」。中等身形，眉清目秀，舉手投足總有種貴氣，但不至流於驕矜。

「致，是你救了我們嗎？」先跑上前迎接的是花花，看著她的感激笑容，大概全世界的男人都會以為自己是英雄。

鴿子想要帥氣地開口，但很不幸地結巴了。

「茵茵……這沒、沒什麼……我也不是專程趕來救妳……」

「是我叫他來的，別誤會。他這個人這麼沒用，怎麼可能保護得了妳？」這個尖酸刻薄的發言人是我大兒子，但他站在那裡就是沒道理地帥，花花的目光馬上轉移到阿夕身上。

請容我為鴿子哀悼兩秒鐘。

判斷情勢，我能下去了吧？小七也不再阻止我，我打開天花板夾層，伸出兩條腿打算直接跳沙發，下方卻傳來人們的尖叫，以爲是喪弔女屍之類的東西。

我離鴿子比較近，他也閒著，我麻煩他扶阿姨一下，他熱心地連聲應好。

然而，在我跳下以前，林今夕卻飛身把他朋友踹開，牢實抱住我大腿，以安全而無趣的方法把我送到地面。

「林阿姨！」花花看到我一整個驚喜，我含笑朝她點頭，也跟表情陰冷的龐心綺打聲招呼。

「媽，內褲被人看光了。」阿夕低身拉好我的裙襬，冷靜得有點可怕，我不敢在他面前囂張和炫耀遇到狐狸狗的事。

「那個，阿致他也是好意……」

「這樣啊。」阿夕笑了笑，轉身用鞋底狠勁踩下友人的俊臉。「夏格致，我不是說過除了我以外的男人都不准碰我母親！」

「陛下，我知錯了！」夏鴿子連忙躲到我身後，被花花偷笑也不敢離開這片避難所。

阿夕和他朋友們的關係也很特別，他是君，他們是臣，以下犯上者殺無赦，都是大學的學生會自治幹部，很優秀的一群孩子。

「格致，你先帶茵茵離開，務必要親自送她到平安的地方。」

鴿子還想再說些什麼，卻只是對阿夕頷首，謹遵吩咐。

花花拉住阿夕的袖子，想要留下來明白事件的來龍去脈，卻被阿夕瞪了一眼，她只能黯然鬆開手。

「綺，我們走吧。」花花不知道龐心綺即是整件事的主謀，當然不會把她認定的朋友丟下。

龐心綺冷著一張臉，面無表情，甩開花花伸來的玉手，踩著高跟鞋，孤伶伶地往大門走去。

「心綺！」花花丟下世家公子和冷峻帥哥，去追好友兼凶手。

鴿子朝我彬彬行禮後，拔腿去追花花，與龐心綺三者形成一組食物鏈。我雙眼發亮去推阿夕，他馬上明白我在想什麼，直接拉我鼻子。

「媽，雖然我對妳百般忍讓，但不會爲妳愚昧的生態系理念去貼下屬的屁股。」

我倒抽口氣，看來這失蹤的一天半眞的讓我大兒子氣炸了。

警察與人犯都從別墅撤走，神棍也被送上救護車，我一直陪笑等到屋子裡只剩自己人，才滿心歡喜地告訴阿夕狐狸大仙的事。

「寶貝，這是媽一生一世的請求！」

「妳要養一隻會作祟的狐狸精？」

「夕夕，這就是所謂的心電感應嗎？」

「呵，妳可以猜猜看我的回答。」阿夕偏頭一笑，魅力值突破天際。

我先閉上眼，然後幸福地張開：「你願意？」

眞是拿妳這個小東西沒辦法，呵呵呵！

後面純粹是我的妄想，阿夕垮下來的冷臉表明他現在很想痛毆老母一頓。

「大哥，這查某實在太白目了，你打下去吧！」小七坐在被我拆下來的天花板邊緣，對我極盡鄙夷之神色，孽子啊！

「我都忍了十二年多，再忍一陣子也無妨。」阿夕抬高手把小七抱下來，完全阻斷我偷摸小兒子屁屁的機會。

小七捧著一團紅布包下來，剛剛沒見到，不知道是什麼。

布包動了動，露出包覆在裡頭，捧著乳牙的紅毛小狗。我想，還是先把牠放到熊寶貝身旁。

布包裡的狐狸一起一伏喘息著，吃力地睜開細眸，看向熊寶貝。

「這是花花的小孩，你看，很可愛吧？」

「怎麼會死掉了？」狐狸抬起爪子，碰了碰比他大隻的熊寶貝，平常怕生的小熊沒有閃躲，只是呆望著比他還小的毛狐狸。「我只是希望謝家能留下來，不是要他們絕子絕孫，我並不想要說出那種惡毒的詛咒……」

「熊寶貝現在是我的寶貝喔，你只要搬到我家來，就可以每天陪他玩，這主意簡直棒透了不是嗎？」我再次遊說狐狸仙人，把他的毛尾巴抓在手心裡搖。

「不要，我最討厭人類了。」狐狸勉強從鼻間哼氣。

「可是你不是開始喜歡我了？」

「這種話妳也說得出口？我會對妳有那一點興趣，只是因爲妳腰上那個墜飾，是妳喜歡狐狸才對。」

「對呀，我最喜歡狐狸跟狗了。」

狐仙勉強撐起四肢，挪到熊寶貝懷裡，用鼻尖蹭了蹭那孩子，留戀不捨。

「是你們把他從冥世帶回來的？」

我比向小七和阿夕，這兩個人便是熊寶貝的恩人哥哥。

狐仙朝他們一叩首，被小七扶起身。

「你已經沒有多少時間，不用囉嗦了。」

小七說的話像是一盆冰水，我看向狐仙的身子，比剛才還要模糊一些。

「這是騙人的吧？」我們剛才不是聊得很開心嗎？都說好以後要來住林家小花園了。

「大姊，他已經死了，妳見到的不是狐之怪而是狐之鬼，光是現形就非常不容易，更何況施法和那隻惡鬼纏鬥那麼長一段日子。」

「狐狸。」我叫了聲，低身把毛尾巴和熊寶貝一起圈在懷裡。

「哼，笨女人……」

「我以爲我們可以一起生活，我曾經有個狗朋友，一定也能和狐狸成爲好麻吉，我絕對不會讓你再傷心一次。」

小狐狸挨著我的頸畔，他眼角的淚落在我身上前便化作晶瑩的淚光消失。

「那妳下輩子別當人了，人不好，陪我來做狐狸，這樣的話……」

這樣的話，就有人陪你吃飯睡覺，倘佯在山林間，不會再寂寞了。

懷裡一空，我再看，只留下哭得很傷心的熊寶貝。

□

後來，花花替我們問了她家裡的過往，關於狐狸的故事。

相傳，謝家有記載以來，就供養著狐仙，並因其庇護逐漸富裕起來。當時謝家祖先不曾避諱什麼，把狐仙並列在祖宗牌位旁祀奉，他的地位就如同神靈、先祖，或是可以諮詢意見的老朋友。

一直到那個奢華而糜爛的朝代滅亡了，謝家在烽火來襲前決定遷移，到海外那個傳說金銀淹腳目的寶島紮下新根。

他們問，狐仙呀狐仙，願意和我們一起走嗎？

要放下熟悉的土地前往異地是多麼不容易的事，狐仙勉強答應，他說以後要用更豐盛的祭禮待他才可以，他會委曲求全都是因爲這家人的關係。

於是謝家拋棄了金銀財寶，全家人抱了隻狐狸渡海，被同船的人們笑掉大牙，但他們不以爲忤。

而後，謝家以別人望塵莫及的速度發展起來，移民地會遇上的問題像是疫病、瘋狗似的風災和政局更迭，絲毫不影響他們的興盛。

而這裡的生態系沒有狐狸只有果子狸，狐狸便顯得珍貴。寶物被人知道會被人搶走，久而久之，閣樓上的狐仙變成一個祕密，和他們祖先的坦然出現差異，不能說出口。

大人不敢多談，小孩也就不清楚閣樓住的是何方神聖。隔閡產生的同時，狐仙向謝家大量索求高級的藥材，沒有說明原因，他大概也感到這家人對他的疏遠，便自己像個老頭子閉鎖起來。

好死不死，來了個道貌岸然的師父，跟謝家說他們家裡的狐妖受了重傷，正虛弱著，斬草除根就趁現在，不然往後一家人都得活在妖怪的陰影下。

故事的轉捩點就在於，謝家接受了那個道士的意見。

小七說，那時候太多雜七雜八的東西湧進這座島上，人、道士啊、妖怪啊爭地盤的情況屢見不鮮，他們派成天忙著調解這種鳥事。在他看來，狐狸精可是拚了老命才把花花家方圓百里的土地畫在自己名下，獨自承擔所有災厄。

謝家卻用一罈毒酒回報他。

之後，謝家人沒人敢提半個「狐」字，也難怪雙十年華的花花會把狐狸當成狗（雖然我也覺得很像），他們怕死了狐狸變成狐狸鬼來報復。

可是狐狸是隻嘴硬的好狐狸，他會說道歉都是個屁，而自己在天花板夾層等著他的家人回心轉意。

可是他終究沒等到，孤單單地離開這個世間。

我們用小七的美術作業當藉口，在花花老家多留一天，給這整件事做個收尾。

和阿夕確認過地點，小七大刀一揮，動手劈了花花家的廁所。小兒子的特異功能好厲害，只可惜不能恢復原狀。

他們聯手剷開水泥石塊，從底下挖出一個酒罈子和發黑的狐狸屍體。我小心把狐狸抱出來，發現它的頭部被金箭穿過，頭顱扎滿銀釘，已經挖空的眼眶還滲著血水。

「小七，妖怪死後會去哪裡？」我撫摸著狐狸的身子，不忍心放手。

七仙抓了兩下頭，搶過我手上的狐屍往空中拋去，讓它瞬間化成灰燼。

「反正跟妳的黃泉路不同條。」小七使勁拍打我的右頰。「我看多了，這種妖怪就是犯傻，把自己當成人了，但人和妖怪總是殊途。就算妳能騙到他、就算他還能活上個把日子，我都不會讓他進我們家門。」

他把我的遺憾全攬到身上，真是溫柔的孩子，而我卻是個照料不周的母親。

「說得對，我還有兔子，沒有毛尾巴的兔子！」媽媽我奮力撲過去，小七來不及躲開，抱著我跌坐下來。

「大姊，妳還沒哭夠？又不是妳殺的，妳至少讓他最後平心地走，妳已經盡力了。」

「嗚嗚嗚，我的好兔兒！」

「不要趁機摸我尾錐，不可能長尾巴出來！」

「小七，你就讓她發洩個夠吧？」阿夕，太貼心了，媽媽愛你。

「幹，說什麼屁話，又不是你屁股！」

□

回程，阿夕的機車三貼，小七無論如何不坐我前面，媽媽我只能抱著阿夕暗自神傷。

涼風吹得我好舒服，快過年了，想到一家人要出去冒險，我就好開心。

「妳恢復力也太快了吧？」背後傳來小七安心的聲音。

「因為我身邊有這麼多可愛的孩子，老娘我，非常、非常地幸福。對不對啊？小夕小夕——」

「媽，妳沒事就好。」阿夕說出最動聽的台詞，看來回去不用跪算盤了。「經過這件事，妳應該學到教訓才對。」

「對啊，眞是太有趣了。」認識了狐仙，還玩了狐狸尾巴。

摩托車猛然煞車，我們三個撞成一團，我跟小七看向司機大人，阿夕把我們通通趕下去，一家人站在鄉間小路上罰站。

「我啊，都認識妳十多年了，怎麼還會這麼天眞？」阿夕笑得好燦爛，媽媽我顫抖兩下。

「大姊，安息吧。」小七朝我合掌一拜。

阿夕亮出我畫押的紙契，以好看的嘴形鄭重宣布：

「林之萍，禁足。」

□

唉，小孩子就是愛搞這一套，也不看看誰才是他們老媽。

隔天，公司公關小姐發起「消滅林妖婦，爲民除害」的運動，主旨就是一群女人去喝酒聯誼。一下班，我就打扮得光鮮亮麗要去拚酒，順便爲孩子們找個新爸爸，沒想到正門口已經有個大帥哥在等我了。

那個大帥哥就是我芳齡十九的大兒子（淚）。

我轉身就逃，公司的後門我瞭若指掌，想抓我，沒那麼容易！

「哈哈哈！」

「哈妳老師！」

一個清影，小七旋身踩在我身前。太卑鄙了，他們兄弟倆怎可以聯手暗算自己老母？

「大姊，妳插翅也難飛啊！」

如此這般，我含淚被他們兩個拖回家反省，不給任何閒晃的機會，夜生活歸零，一直到後來驚心動魄的大過年。

這苦悶的過程中，值得一提的是花花的簡訊，我看了三遍，才相信它是眞的。

林阿姨，妳兒子好討厭！P.S.人家有空會去看熊>>

「啊啊啊阿夕——」我尖叫了兩、三次，和期末考奮鬥的大兒子才過來理我。

「媽，就分了，徹底地分了，我們不適合，妳不要太難過。」林今夕好像準備這番話很久了，說得神清氣爽。

知道內情的小七在旁邊聳肩，我悲傷望著他。

「大姊，我早在上輩子就看破紅塵，妳不用想了。」

那麼，我唯一能寄望的不就只剩下熊寶貝？

「熊熊，媽咪給你找隻鱒魚好不好？」我抱著熊哭哭不止。

「你看，她腦袋都悶壞了。」小七戳了戳我的背。

阿夕盯著他大受打擊的老媽，過了好一會才軟下目光，同意讓我去附近公園放風。隨行的還有三個監視人員，都是我兒子。原本還會有一隻狐狸，可惜只剩下來世的口頭之約。

我左手牽著阿夕，右手拉著小七，熊在阿夕肩上。我實在不該怨嘆，因爲已經完滿。

一對中年夫妻推著嬰兒車經過我們，我緩下腳步，爲了讓我的小孩多感受一下繁衍的眞諦。

快去找媳婦兒吧，寶貝們。

夫妻倆也向我們微笑，在昏暗的街燈下彼此寒暄一番。

「你們孩子都這麼大了，眞不簡單。」對方似乎在誇獎我，又好像有哪裡怪怪的。

阿夕代表我們一家點頭致意，別過，又繼續夜空下的散步。

「啊啊！」我想到了。

「大姊，晚上別鬼吼鬼叫，小心眞的把鬼叫來了。」

「今夕，剛才那對甜糕是不是把我們誤認成果糖？」

「請講地球話。」小七，你難道不知道你在我心中就是塊蜂蜜嗎？

「就是把我們相親相愛的母子倆當成夫妻……」

左手一緊，林今夕低眸看著我，他的眼睛還是一如往常地美麗。

「媽，這可是妳說的。」

新嫁

「小七，好好看著她。」

我只不過想試吃幾道年菜，阿夕竟然狠心把他老媽推出廚房。小七伏在客廳地板寫春聯，看到我就像看到大麻煩，擺張屎臉。

拜託，今晚除夕，你們好歹對媽咪我孝順一點！

「大姊，腳閃邊去！」

又是一個妨礙工作的罪名，我只好挪動腳步，站到小兒子背後。

「妳沒有盯著我屁股吧？」小七突然轉頭，白色劉海下的異色眼眸滿是對他正直母親的猜疑。

「太傷人了，寶貝。」我擠了兩滴眼淚以示清白。

以往這個家只有我跟阿夕，就算不覺得寂寞，但在這種時候總會顯得寂寥，無聊到我去翻總經理給的相親花名冊，叫兒子挑個順眼的「爸爸」。

阿夕很有興趣呢，特地去拿了燭台過來，看一頁就燒一頁，而且還打電話跟總經理老大拜年，「感謝總經理伯伯費心了，別再做多餘的事，凡是任何一個男性接近他老媽，他就會讓人從世界上徹底消失。」

想到大兒子的青春期，我就不禁莞爾，他鬧脾氣的樣子都像在笑，令人從心底發寒。

當然我是在誇阿夕，絕對沒有感嘆他這半年來好像愈來愈沒把媽媽我放在眼裡。我想改變的原因就是小七來了，阿夕推眼鏡說他必須讓小七弟弟明白我是一個十足的壞榜樣，折衷之下只好犧牲媽媽的權益。

媽，妳明白我的苦心吧？

是的，大兒子，媽媽不敢多說什麼。

「小七，我幫你想好你的新希望了！」屈於淫威，我也只好去騷擾我剩下的慰藉。

小七擱下筆，瞥了我一眼。我趁機把手臂壓在他的白髮上，盡情把玩我家的兔子。

「再長個十公分吧，小精靈，呵呵呵！」

「是妳逼老子大過年的見血！」

「你們別在地板上打架，會著涼。」廚房傳來阿夕的叮嚀。

難得的門鈴聲打斷我們母子惡鬥，我整理一下儀容去應門。外邊空氣很冷，笑容絕美的少女站在我家門口，一襲紅旗袍，紅色繡花鞋。

哦哦，這我認得，是上次來公墓找小七的可愛朋友。

我來不及歡迎她，小七就衝過來激動地把大門甩上，這對女孩子可是非常失禮的行爲。

「該死，被他們找到了……」

小七利用現成的毛筆，急急忙忙在門板上畫符，我該不該告訴他其實紅鞋姑娘已經藏在我背後了？

「你是躲著哪裡的獵人呢？林家的兔子已經被人豢養，不會再有貪心的獵戶覬覦你的肉體。」太有詩意了，我上輩子可能是莎士比亞。

「妳再當我是寵物，我就跟妳拚命。」小七一點也沒有放鬆下來。「人心貪婪，那些人一定會想盡辦法把我的力量拿到手。」

「討厭啦阿七，說得公會像垃圾一樣，人家只是想請你幫幫忙嘛！」紅鞋女孩挽著我的手臂現身，小七看了整張臉垮下來。

「紅綢，快點滾回妳的巢穴去！」

「我就知道你關心我，這麼冷的天，我也不是那麼想出門。」小姑娘滿足地賴在我身上取暖。怎麼辦？這孩子眞可愛。「看來你過得還不錯，只是這裡有一點窮酸，還滿適合你的。」

「妳想要我橫切還是縱剖？」小七從胸口拔出大刀，對準躲進他媽背後的女孩，也就是對準我。

「人家奉張大天師的命令來送契約書給你耶，只要你簽字，公會和白派就是同一陣線了！」紅鞋女孩興奮說著，彷彿宣布了天大的好消息，可是小七聽了卻快吐了。

「我不要，道不同不相爲謀，妳別再來了。」

「阿七，你那顆迂腐的腦袋怎麼就是想不通呢？愈來愈多消息證實下界亂了，你難道不想爲自己的身後事作主嗎？不用再看鬼差的臉色、燒光裁決命運的生死簿。我們陽世，才應該是陰間的主宰，難道不是嗎？」

「住口，那裡不是讓你們亂來的地方！妳以爲冥世的王是投票投來的嗎？天上也得讓祂七分顏色，三界之所以分成三界，必然有它維持平衡的原因，你們不過習得一點天地的法則就自以爲能掌控世界了嗎！」

紅鞋女孩噘起嘴，不滿意小七的勸誡。

「也難怪，你要當神了嘛，當然不會爲人間著想。」

小七凶惡地瞪過去，想說什麼卻忍在嘴裡。我私心覺得這女孩眞可愛，是我的菜，但她的話眞的有些過分。

「吶吶，林姊姊，我告訴妳，別對他太好，反正天上只要一句話，他就會丟下妳離開了，他跟我們這些『人』是不一樣的。」

小紅姑娘拉著我衣襬，仰頭抱怨著，故意說給小七聽。我的小兒子只是抿住嘴，沒有反駁針對他的蓄意中傷。

「他啊，會遮掉妳祖先積累下來的福蔭，妳還是把他讓給我們公會好了。我們會給妳很多東西，有錢有帥哥，連壽命都能幫妳加上一些。」

聽起來我簡直賺翻了，笑著回應小美人的微笑。

「哎喲，他是我寶貝兒子，沒有媽媽賣小孩的啦！」不好意思，如果割了這塊心頭肉，我可活不下去。

「討厭，妳這老女人，枉費我都委屈叫妳姊姊，妳真討厭。」紅鞋女孩搥了我兩下，像撒嬌一樣，沒多痛。

突然間，小七靜止的刀刺向紅鞋女孩，我眼睜睜看著女孩的身體從刀口瓦解，碎成一瓣一瓣，紅色落個滿地。

「阿七，你好狠的心。」轉眼間，紅鞋女孩叼著一朵紙紅花，好端端坐在我家窗台。

「不准對這女人出手！」

「可是她不給，我只好自己搶！」女孩說得好不委屈，晃著她腳上的紅鞋子。「今後還有更多像我這樣的代表，陸家也不會放過你，你還能掙扎多久呢？」

「這也是我選擇的路。」小七挺直背脊說道。

我看見紅鞋女孩溜過眼底的笑，她是真心欣賞小七的死個性，配在一起也不錯，而且又差不多高，小七以後不會長也不用擔心。我想了很久，直到女孩跳下樓再見，小七踹了我一腳才清醒。

小七悶悶不樂收起地上的春聯，我在他面前晃來晃去也沒有反應。

「媽、小七，去洗手，要開飯了。」阿夕從廚房叫住我們倆，我把小七拉去清洗完畢，趕快到餐桌就定位。

我安慰他一千句，恐怕也比不上半顆肉丸子。小兒子看到滿桌菜，心情默默轉好十個百分比。

說到這裡，一定要感謝一下阿夕口中的手下（朋友們），爲我們家提供鮑魚、干貝、松茸、帝王蟹等五星級食材。

「盡量吃，我們明天就要出門旅行，剩了也是拿去廚餘回收。」

阿夕鼓勵的對象不是我，而是望著豪華菜色發呆的小七。

「我這輩子還沒吃過團圓飯。」小七低頭扒了口白飯，嚼啊嚼著，腦袋一直沒抬起來。

我勾住他的脖子，下巴蹭著他綿軟的白髮。

「沒關係，以後會吃到媽咪我一百歲爲止。對不對，今夕甜心？」

林今夕只是優雅地挾菜給我們母子倆，笑而不答，因爲這個美好的答案連說出口都是多餘。

「大姊，妳還是快找個好丈夫……」

「啪答！」

阿夕手上的筷子不知道爲什麼斷成兩截，插在小七碗裡。

「弟，大過年別說不吉利的話。」阿夕重新拿了副鐵筷。

「什麼不吉利，你才莫名其妙！」小七下意識往我背後躲，大哥的威嚴果然不容質疑。

過年就是要吵吵鬧鬧，我好希望以後有一打孫子和可愛的兒媳婦圍著餐桌轉，讓奶奶我包紅包包到手軟，每個小蘿蔔都得讓我香一口才行。

「媽，口水流下來了。」

「大姊，醒醒吧，不可能成眞的。」

他們竟然偷看我的白日夢，眞是討厭的小孩。

不到十二點，我跟熊寶貝都睏了，被趕去房間睡覺，我兩個兒子打算照習俗守歲，換句話說，就是背著我培養感情。

太可惡了，逼得我把耳朵貼在房間和客廳之間的牆壁，爲什麼他們不乾脆到我床邊講悄悄話？

「小七，新年快樂，這也是你第一次收到紅包吧？」

「嗯。」小七微聲回應著。

「我們一起來爲她祈福吧？希望她能永遠改掉亂跑的壞習慣，不然斷手斷腳就不好了。」

阿夕，你是想對你老媽做什麼！

安靜一陣，混著電視聲傳來小七的聲音，他總是改不了想太多的壞習慣。

「我只會造成你們的負擔，當我的家人沒有好處。」

「在你來之前，我們的確過得不錯；在我來之前，她照樣活得很好。我有時候會想，如果把我從她的生活中抽離，她會有什麼反應？但是我不想犧牲在她身邊的時間，實驗品就換成你好了。」

「你這個魔鬼。」

「我是你大哥，要聽哥哥的話，小七。」

「……」

光是聽他們健康清新的兄弟談話，我就感到一陣寒意，到底爲什麼呢？

「開玩笑的，小傻瓜。」

「不，我總覺得你正在計畫什麼陰謀。」

「沒這回事。明天也是你第一次去家庭旅遊吧？」

「我、我很期待……一家人一起去玩。」

「看你在月曆畫星星就知道了。」

隔著牆，我也想像得出小七漲紅臉。他半個月前就在家裡水果月曆上偷偷做記號，每過一天就很高興跟王爺公報告，以爲我們不知道，可是我跟阿夕都看在眼裡。

「不過，大姊、你、我，三個天生招厄，出門眞的不會出事嗎？」

「這個嘛……」

我才發現，這世上原來有阿夕解決不了的難題。

□

一早，我被熊爪子搔癢癢搔醒，因爲熊寶貝迫不及待想讓他親愛的媽咪看新衣服。

我家熊熊的服裝，基本上外面買不到，所以這身棒球裝是阿夕一針一線縫出來的作品。

「好可愛，放在櫥窗一定會被人幹走！」我給予極高的評價，連親寶貝兩下。「來，媽媽給你壓歲錢。」

「夭壽，妳幹嘛把紅包往他內褲塞！連娃娃都不放過！」小七風風火火衝來搶走熊。

年前我透過老王的介紹，去某間百貨公司跳樓大拍賣搶購我兒子的新衣，給小七買了很多很多有兔子的衣服，回來雖然被他掐脖子，但他今天還是把掛著長耳朵的白兔帽外套給穿起來。

阿夕倒是明確告訴我把置裝費留給小兒子，最近家裡開銷大，他的手下（朋友們）會進貢合適的衣物給他。

「大兒子，你穿西裝眞是帥呆了。」反觀老王，可以把阿曼尼撐成造型氣球。

「這樣和妳站在一起比較相襯。」阿夕就是會討我歡心。

然後我們一家人貼好門聯，燒香和鄭王爺說掰掰。掰掰的時候阿夕在偷笑，我很好奇鄭先生說了什麼，小七卻死都不跟我講，到出發的時候他大哥才正大光明洩露：鄭王爺誇小七很可愛。

「可愛個熊，恁爸已經不是小孩子了！」

我們租了車，小七在後座憤慨不平，擔任司機的阿夕安撫兩聲，叫我們繫好安全帶。

天氣不太好，氣象報告顯示我們出遊這幾天會冷到不行，下點細雨或傾盆大雨。果不其然，才到半路，雨就下來了，陰雨濛濛，看不見風景，好在我兒子很可愛。

我們原本要到中部名勝的大飯店去，但總經理他老婆也就是董事長大人不知道發什麼瘋，硬是要跟我搶這張四人房的套票，總經理老大只好歉疚地讓出他名下山區別墅作賠禮。

我裝作遺憾的樣子收下，被老王扔筆筒。因爲包大人年節要和總經理去日本出差，看我不爽。

身為下屬，我打電話來關心一下好了。

「新年快樂，志偉。」

對方停頓兩秒，旁邊還傳來總經理詢問的笑語。

「在外地很辛苦吧？你這個胖子雖然有脂肪層，也是要注意保暖吶，我會在這裡等你回來。」

「好。」

我還以為老王會送給我新年咆哮炸彈，沒想到他只輕輕應了一聲。

「那幫我買化妝品、保養品，你知道我喜歡的牌子，親愛的。」

「去死吧！」

我哈哈哈地被掛了電話，今年的問候依然熱情十足。

「媽，國際通話費不便宜。」阿夕手往後伸，沒收手機。

「大姊，妳眞的無聊到令人髮指。」

「小七，難道你沒有往鄰車排氣管放衝天炮的衝動？」記得小時候美好的新年，我都被老媽捉著打屁屁。

「完全沒有！」小七正經否決。眞是的，絲毫沒遺傳到我的慧根。「廢話，我本來就不是妳生的！」

臭兔子，幹嘛吐槽媽媽的內心話？

「好無聊哦，寶貝。今夕、七仙，媽媽好無聊——」

十分鐘後，哭哭，沒兒子理我。

我們遇上新年都會遇到的塞車，小七靠在窗口，看著車潮來來去去，一點也不厭倦。

「有什麼有趣的東西呀？」我壓上小七的背，想要了解他的視野。

「人類。」小七帶點眷戀地說，「看到這塊土地能如此繁盛，一切都值得了。」

我想了一下，大概能理解他話裡三分的情感。

途中，我們被臨檢一次，警察盯著副駕駛座上的熊寶貝，寶貝熊也一直用無辜的黑眼珠望著他，我們就被放行了；還有突如其來的尿意，考驗著中年婦女的膀胱，小七抓著我「跳」到最近的廁所，又「跳」回來，漂亮解決長程路途的挑戰。

就這樣，我們來到山的入口。

雨一直下，遠看上去，山路一片泥濘，車子搖搖晃晃上山，前面轉角處似乎有個老人拄著枴杖等待。我們愈來愈接近，老人張開雙臂，明顯要阻止我們前進，阿夕踩了煞車……不，他踩了油門撞上去。

我尖叫停在喉嚨，照理說會輾過什麼，車子卻平順地往前駛去。

「啊，你做什麼！那是土地爺！」打盹的兔子突然驚醒。

「一時失手。」少來，阿夕是故意的。

小七急忙到車後看情況，我找了兩把傘追過去，卻半個老人影子也沒瞧見。

「眞的很失禮，那不是什麼妖魔，他是我現在的兄長……連神都敢殺？……嘸是，他體質屬陰，可能看不見您。」

小七忙著和空氣澄清誤會，把我揮斥到一邊去。

「我知道自己的任務，只是暫時留在這裡，不是受到什麼迷惑，和那個女人沒關係。她眞的是個善人，直率又好心腸，您們不能因爲我捨棄對她應有的庇護，她沒有做錯事，她只是收留我啊……」

爭執結束，我才獲准接近寶貝小兒子，可是他已經淋得一身濕。

「快上車，阿夕就能快點熱便當給大家吃。」

小七沒有動，我在他想不開之前趕緊追加一句。

「媽媽快冷死了，臭小子，還不快點回去！」

苦肉計很有效，眨眼間小七就抱著我回到汽車後座。

「分明來找碴，別理他就好了。」阿夕遞來兩條大毛巾，我拿過來用力擦著兔子毛。

「你別連神祇也不放進眼裡。」小七疲憊抗議著。「祂本來是想警告大姊某些事，但上面特別交代，任何關於我的事都不能涉入，這樣下去，沒有神明會保佑她。」

「小七，只要你每天跳兔子舞給我看，媽媽怎樣都無所謂。」

「我才不要！」七仙生氣地踹我一腳。「人能平安活到終老實屬難得，我又不能面面俱到保護妳！」

我露出複雜的表情，就像買了甜點，咬了才知道裡面包鹹菜，就算是一家人，想法難免有所出入。

「寶貝，去交個小女朋友，你再跟她說這些話，她一定願意爲你生孩子。」

「妳不要又把話扯到天邊去！」

「可是我是你老媽啊，你是不是超時工作了？」

小七睜著眼，皺眉的樣子很可愛，他看向阿夕尋求一些意見。

「她的話理論上沒錯。」阿夕重新發動車子，想趕在天黑之前到達。「但是媽，妳就是我們超限工作的原因。我已經帶妳出來這趟了，妳今年不准再隨便跑出去自助旅行。」

「阿夕——」

「媽，假哭也沒用。」

小七還是無法完全釋懷，阿夕就把不停亂動的熊寶貝抱給他。

「顧好他，就是你現在的責任。」

我有時候還挺羡慕阿夕那種與生俱來的威嚴，要是能有他一半強勢，叫小七扭屁屁給我看就不是夢了。

別墅一角漸漸從路的盡頭顯露出來，我摟著兒子們歡呼，小七也沾滿上他媽媽愉悅的心情，看起來開心了一些。

我第一個衝下車，爲了搶先打開那扇豪華大門，然後在玄關向兒子們說「主人，你回來了」，就是這麼一個母親微小的心願。

「媽，小心點。」

「安啦……咦！」我踩到門前陷阱似地大水窪。

沒有預期中濺起的泥巴，我直直往水灘陷落，果眞是陷阱。這世上會想謀殺善良可人林之萍的名單有三——第一個是董事長、第二個是董事長老太婆、第三個還是董事長。

滅頂之前，兩雙手從冰冷的水中把我打撈起來，我吐出滿口泥水，阿夕和小七的臉色都很難看。

「媽，妳沒事吧？」

「妳這女人，眞是一刻也大意不得。」

「哈哈，眞奇怪，怎麼會這樣呢？」

我抓著腦袋，同時摸了摸剛才那灘水，明明和我大拇指一樣深。

小七把手往他顏色不一的眼睛左右搖擺，從這座林間華樓一路往山下望去。

「我『看』不到任何異狀，你咧？」

阿夕閉起眼，搖頭以對。

頓時，大雨滂沱，大得再也無法看清五公尺外的景物。

我撿起他們爲了救我扔下的行李，包括濕成一團的小熊，吆喝兒子倆快進屋裡，感冒就不好了。

沒想到我又踩進第二灘水，我眞的不是存心找碴，它之前並不在我的腳邊，我也因此跌了一大跤。

「哎呀，媽媽眞是笨手笨腳。」我吐了吐舌頭，相信他們會原諒可愛的我。

可惜兒子們不吃這套，一人一邊架住我手臂，凌空抬我進屋，把我和積水的地方分隔開來。

他們瞪著我，三個人都從骨子底冷得發顫。

好吧，跌倒的原因其實是——水裡，有手抓了我一把。

再也沒有流連在雨中的浪漫情懷，我們迅速關好大門，檢查房子水電是否正常供應，最後人和行李集合在寬敞的歐風大廳，我們忍不住癱坐在地，窗外的大雨愈演愈烈。

阿夕點了壁爐，我們圍在火堆邊開家庭會議。

「這爐子不錯，我們可以來烤雞腿。」我首先提出英明的見解。

「妳再黑白講，我就把妳的頭壓進火裡燒！」小七一點也不了解媽媽我想緩和氣氛的用意。「這是座寶山，靈氣很盛。」

「和我當初調查的結果一樣，那又爲什麼發生這種事？」阿夕挪動眼鏡，翻閱他那份黑色封皮的資料夾。

「人啦！」小七敲打堅實的木造地板。「從山的走勢來看，這棟房子就是建來當祂的祭壇，供奉祂來養財運。平常來這邊可以養身修行吸芬多精，偏偏我們碰上祭祀的時間，又大搖大擺走進來，被祂誤認成供品。」

「我有帶三牲四果。」阿夕的行李裡什麼都有。

小七焦躁地揮著手。

「和鬼怪不同，這一個是山的主人，接近仙靈的存在。祂分得出死物活物，就算祂眞的餓了，也不會向大姊出手。一定是之前有人跟祂說，要送一份『大禮』過來，祂認定大姊就是祂的牲禮。」

阿夕沉下目光，在本子寫上董事長的名字。

「能不能說服它放棄？吃了我應該會拉肚子才對。」林之萍興趣廣泛，但不包括變成人家的便便。

「妳還眞有自知之明。」小七神色凝重。「我和祂稍微談了一下，祂好像瞎了，執意要妳當祂的新娘。」

「啊啊？我才第一次來，和他又不熟。」至少要先從朋友做起。

阿夕摀著額頭，大概間歇性偏頭痛又犯了，病因通常是我。

「怎麼到處都有蒼蠅？……只好找人剷了這座土丘。」阿夕敲打手機號碼，沒有訊號，又把電話摔下地毯，我很少看他這麼焦躁。

「還不到無法挽回的地步，這房子我下了陣，祂暫時進不來。」小七看著我，然後用力戳了我兩下眉心，很過分。「大姊，去洗澡，洗完穿妳最簡單的衣物出來。」

這種情況，不適合讓我再有不合適的發言。我去浴室放水，又跑出來打斷他們兄弟倆的討論。

「兒子們，浴缸好大，要不要一起洗……啊啊，你們這兩個不孝子！」

他們把手邊的東西全往我扔過來，我左閃右躲，還接住熊寶貝，我抓了人質就跑，反鎖浴室門，任憑小七在外面叫囂。

我脫光光來個貴妃入浴，熊寶貝也跟我跳到浴池裡，就像他哥哥警告的那樣，棉花吸水就沉下去了。

我好難過，把兒子撈起來擰乾，找個塑膠盆放著，讓他隨波逐流。

「熊熊，媽媽跟你說個故事。」

熊寶貝把爪子擱在盆邊，專注聽我講古。

「聽說在新舊年交替的那個夜晚，盛一盆水往裡面看，就可以見到未來的另一半。有一個很有實驗精神的小女孩，懷抱著愛與夢想，趁全家人熬夜打牌的時候，用鮮紅色的臉盆盛了雨水，對了，那天的雨和今天的一樣大。」

班上女生都約好了，開學要分享彼此的老公是什麼樣的人，比寒假作業還重要。

爺爺阻止過我，有點危險的遊戲他都不准我去玩，十句中我大概聽進去半句。那年除夕，爺爺得了小風寒，很早就睡了，我不懂得關心老人家，還溜到浴室裡進行那個祕密儀式。

我從晚上十一點就呆坐在水盆邊，看著自己的倒影，一邊吃零食。時間一點一滴過去了，什麼也沒出現。

正當我睏了，想洗把臉去找爺爺睡覺，手撈起清水，感覺不太對勁，搖晃的水面映著頭上的日光燈，卻沒有我的樣子。

我想再看清楚一些，頭往下再往下，浸入冰涼的水裡，發現盆子竟然少了底，黑漆漆地，沒有盡頭。

我似乎聽見小姑姑的尖叫，她把我粗魯地拖離水盆，各種急促的腳步聲擁到我身邊。

爸爸大喊我的名字，但我不能回應，媽媽一巴掌、兩巴掌地打，即使後來拿出藤條來鞭，我還是呆呆傻傻站著。

結果驚動爺爺起身，他痛罵所有兒子女兒一輪，哭著抱緊他唯一的孫女。

我把好好一個新年搞砸了，眞的很抱歉，那個未來的新郎我不要了，我只想要回家，可是我也不知道自己到底在哪裡，四處都是水。

「那時候有人敲門，這大過年的，三更半夜，你猜會是誰呢？」

熊寶貝比了左爪又比了右爪，我搖搖頭，二十多年前，他的阿夕爸爸和小七哥哥可都還沒出世。

「是一個男孩子，斯斯文文，有雙偏透明的眼珠。他剛好路過我家，想討口水喝。」

這個時機實在太奇怪了，十幾個大人盯著他，他只是抿唇笑笑，沒多久，我年過七旬的爺爺就跪在他面前，請他救救我這個大笨蛋。

「你孫女很漂亮。」男孩說，人家眞是不好意思。

「您要是能救她，就將她許配給您。」

我忘了對方是怎麼答應爺爺，我稍微清醒時，已經被載到村子外的大水溝邊。清晨，天還沒亮，所有人抖著身子，男孩卻一把脫了上衣，縱身跳進黑不見底的水溝裡。

我在水外見他跳下，我在水中見他游來，揹著我，朝有光的地方前進。

聽說當時非常驚險，水流愈來愈急，還興起半人高的波浪，男孩卻成功把我缺失的部分帶上來，放進我身體裡。

我呼呼大睡幾天，醒來少年已經走了。他沒有收錢，只是在我家洗了澡，拿了幾顆包子，還有一張不知道算不算數的婚約。

爺爺說，我遇見了命中的大貴人，那是修道之人，是位天師。

這大概是為什麼世間信仰那麼多，我選擇那條路的原因。我小兒子也是幹那一行，還眞是有緣。

「我只記得他姓陸，後來再遇見也還是只記得那個姓。你看以前一個孩子能解決的事，現在應該也有辦法才對，是吧，熊熊？」

我抬起腿，賣力刷著，盡量不看右腳踝那五個鮮明的指痕。眞糟糕，小七期待那麼久的旅行，卻被我搞砸了。

「洗好了沒？妳是要泡到脫皮啊？」

「小七七，媽媽對不起你！」

我拉開門，穿著最簡便的衣物，小七對我的開運紅內衣尖叫。

「變態！」

阿夕快步走來，撐開我的連身洋裝，一口氣從我的頭套下去。

「小七，就算她這麼對你，你也不能懷抱著乾脆把她送去死一死的想法。」阿夕擦乾我的頭髮，比平時用力三倍。

「而且她還把熊仔弄濕了，發霉怎麼辦？」小七拎著熊寶貝，氣噗噗向阿夕告狀。

「她是我們名義上的母親，總不能把她吊起來打。」阿夕趁機一根一根拔掉我的白髮，好痛，這是刑求。

我們又回到可以在地板滾二十圈的大客廳，壁爐裡多了三隻雞腿，我和熊寶貝靠在一起看雞腿流下肥美的油光，阿夕說那麼多還不是烤給他老媽吃，哼哼！

兒子們搬了屋裡的小茶几當作餐桌，並且在上面弄起沙拉三明治。阿夕一邊切火腿一邊吩咐小七把他旅行袋的黑色皮箱拿出來，打開一看，竟是滿漢全席的化妝品。

「小七，你幫她上妝。」

「我？我絕對會把她畫成鬼！」小七抓著腮紅和粉底，我則是他的畫布。

「就是要把她畫到爸媽也認不出來，斷絕那個妖孽的念頭！」阿夕發狠敲開魚子醬罐頭，和龍蝦肉充分混合。

大兒子好可怕，全身散發出的氣息都很不爽，熊寶貝也這麼認爲。

小七是個聽話的孩子，尤其是他大哥的話，把我的臉扳向正面，笨手笨腳轉開口紅，塗抹我忍不住笑的嘴。

「大姊，妳不要亂動啦！」

看到他這麼認眞，這世上沒人忍得下心不疼愛他。我情不自禁撲過去，蹭得小七滿臉口紅，聽他哇哇大叫。

突然有隻手搭上肩頭，我抬頭笑咪咪看向阿夕，隨即在他殺人目光下化成哭喪的臉。

「對不起，我知道錯了，請原諒小的。」身爲母親，要教導孩子適時在惡勢力面前低頭。

阿夕把三明治整個塞進我嘴裡，接下小七的工作，我一點也不敢說「今夕好帥，讓媽媽親一個」這種話，乖乖讓他弄成家暴婦女的樣子。

「媽，妳命在旦夕。」他直接挑明小七委婉說法的意思。

我眨了眨兩顆瘀青的眼睛（兒子紫色眼影用得好），試圖和緩氣氛。

今天是新年，應該要一家人開開心心地過，不是嗎？怎麼會遇到這種事呢？

「等一下小七談判，妳一句話都別說，特別不准笑。」

我頷首，保證配合到底。

「等事情結束，我會煮一頓熱菜，這裡有唱片機，我借了妳最喜歡的老歌，一直放到妳睡著，小七給妳當抱枕。」

小七的激烈反對也被阿夕揮手壓下去，我兩眼發光期待著。

「今夕，你還要唱歌給我聽喔。」得寸進尺就是說我這種人。

阿夕瞇起眼鏡下的深色灰眸，我等了又等，以往怎麼拗他都不答應。

「好，唱歌給妳聽。」

有了他這句保證，我從頭到尾都很安靜。爲了小夕夕一首安眠曲，媽媽我就算不講話也不會死掉，讓兒子們盡情料理我，他們用白被單把我裹得死緊，好像蠶寶寶，怎麼辦，說不定我等一下會變成蝴蝶？

這麼重大的發現卻不能和他們分享，我只能在地毯不停蠕動著。

「吼！大姊！熊都比妳乖！」小七反覆在我的四肢蓋上指印，看他白髮在我眼前搖來晃去，我就好想跟他說兔子毛的故事。

「媽，妳見過蛾嗎？」阿夕先出聲了，先講先贏，於是我忍痛退讓。「牠們會撲向火光，拍打鱗翅製造噪音，就被一掌打死了。」

眞、眞是太悲傷了，我聽了感慨得連小拇指都不敢動，直到小兒子大功告成，把他老媽扶起來。

「妳就是欠人教訓。」

小七領著我往廊道盡頭走去，我看著身後拖曳的白色床單，還眞有點像新娘子出閣。

我向另一端的大兒子揮揮手，阿夕倚著門板，和他小時候一樣，不哭也不笑，安靜地等我回來。

「來，上去，只有這條路到得了法壇。」小七打斷我熱淚盈眶的分別，指向隱藏在廁所旁的鐵梯，像是幾個大釘書針，垂直釘在牆上的那種梯子，一直延伸到天頂。

我挽起被單，正要跨步，小七攔下我完美的上籃動作。

「妳這樣成何體統，老子揹妳啦！」

喲喲喲，他都這麼說了，我也不客氣跳到兔子背上。雖然乍看之下，小七沒有很大隻，但力氣不小，背上多了一個嬌羞的婦女，也沒見他喘氣。

「大姊，我只見過師父和仙靈交涉兩、三次，沒把握抓住祂們的脾氣。」

沒關係，媽媽相信你。

「祂們有一個很糟的共通點，祂們維持山林水澤的運作，覺得自己和神一樣偉大，看上妳當祂們的祭禮是妳的榮幸，只能用妳太爛當藉口來拒絕祂們。」

這樣啊，那還眞是困難重重，林之萍可是現代女性的典範，老娘這麼完美怎麼找得到瑕疵？

「所以等一下我說的話，妳別放在心上。」

好吧，既然你是我寶貝兒子，隨便你黑白講，我都不會在意。

小七伸手推開頂蓋，我們終於來到外邊的世界。風雨交加，好好一個新春，像是颱颱風似地。

我大略看了下頂樓的環境，很少人會把屋頂鋪滿暗紅色瓷磚，雨水流過就像淌血，實在無法了解老太婆的美感。

「妳在這裡跪好。」兔子慎重交代，於是我把小腿平放在冷冰冰的地上，屁股再端正壓下去，腦袋略微俯下，讓小七相信我真的會乖。

小七淋著雨，一個人往沒有圍欄的邊緣走去，向這片雨天肅穆行禮。

「請高抬貴手，她只是塵世的俗人。」

我突然想到一件事，寒假前小七學校那邊發了問卷，調查家長有沒有關心自家小孩。我在缺點那三個格子塡了「不擅長說謊」、「容易心軟」、「百年難得好白兔」，蘇老師批閱完，回給我一個笑臉，呵呵。

「她已經三十多歲了。」

其實你可以直接進位到四十，不用顧慮到媽媽的面子。

「愛管閒事，到處惹禍！」

哦哦，我感受到發自肺腑的怒意。

「不、不是處女。」小七拚了命才擠出這一句。「那個男的，最後還跟比她不如的女人跑了，始亂終棄，眞是太可惡了。」

寶貝呀，媽媽不記得跟你說過這個。

「看起來還可以，但她笑起來眼角有皺紋，一點點，而且聲音已經很柔了還愛撒嬌，老是說些讓人生氣的渾話，不知分寸！」

呃，像是「小七給媽媽抱抱」、「小七你好可愛」，以及「媽媽最喜歡小七七了」之類的甜言蜜語嗎？眞糟糕，我每天至少說了三遍，心情好的時候還有進階版。

「她整天說著愛呀愛的，不懂得保持距離，那些有心人看在眼裡，說得不知道有多難聽？她啊，就是個白痴，什麼也不想，一直覺得我沒父母很可憐，努力想對我好，這對我來說簡直是莫大的困擾。」

我抬起眼，望著小七緊繃的背影，他說了不曉得怎麼開口的實話。

「我最討厭、最痛恨的就是這女人了，巴不得她去死，您佔有就是和天界爲敵，沒有任何好處。」

雨水糊掉我的濃妝，雖然心裡不停說著沒關係，聽到自以爲比親生還親的寶貝兒子這麼說，還是會難過。

冷風颸過我腮幫子，有點像是冷笑，罩在我頭上的被單被扯下來，有東西盯著我瞧，即使我什麼也看不到。

「大姊！」

溼冷的觸感印上我的嘴，液體從外邊滲進喉嚨裡，我沒來由地想到交杯酒，身體抗拒著，想把液體嘔出來。世上男人那麼多，沒道理找個會欺負我兒子的渾蛋當老公。

我聽見小七爆粗口，一連串「幹幹幹」直奔而來，蘇老師的好寶寶獎章就這麼飛了。

「放開我老母！」

刀鋒掃過我頭頂，斬斷了某種物質，我還來不及眨眼就被凌空扛起，然後，往下墜落。

我們照原路回去，只不過來的時候用爬的，現在用跳的。小七不停喃喃我聽不懂的字句，我們摔成肉餅之前，猛然在一尺外的距離停頓下來，接著才平安著地。

沒機會喘息，大水從頭頂猛烈灌入。

小七轉了金項鍊，我眼前一花，我們從長廊盡頭摔到二樓樓梯間。

「靠么，空間不穩……」他扶著腰身，吃痛地爬起，而我安然無恙。「大姊，妳醒著吧？」

「小七，媽媽給你揉揉。」我心疼地伸出手。

「會想吃豆腐就表示魂還在。」小七做出判斷，好傷他媽媽的心。「妳找個乾燥的地方待著，老子要善後。」

「談判破裂了？」這個新年大概平靜不了了，唉。

小七點點頭，揚起一個安靜的手勢。

底下的走廊已經淹沒大半，水流升到第一個階梯，隱隱約約，有東西跟著水爬上來。小七下去，手指沒入水面，從水中拔出利刃。

「就說這女人不適合祢了，還想硬搶！」

那雙深淺不一的眼瞳凝視水底的東西，不再委曲求全，現在小七的氣勢凌駕在對方之上。

「還想狡辯什麼？……騙子？對，老子剛才的確在糊弄，大姊她，可是我這輩子最重要的人！」

嗚嗚嗚，小七七，媽媽聽了都快噴淚了。

「妳別在那邊西施捧心！剛剛的話不算數，妳快點忘記！」小七還回頭向我澄清，哪有人說完真心話就賴帳，傻孩子。

倏地，水流旋起漩渦，直朝七仙而來。小七提起刀，奮力往漩渦中心刺下，有幾絲血紅浮上來又被沖散，房子的積水迅速散去，可是小七腳下的水還是纏著他不放。

看兒子一點一點沉下水中，我焦急地朝他伸出手，沒想到被小七罵。

「妳去找今夕哥，告訴他水退了就能離開。」

「你呢？」

「大姊，祂被困在這座山太久了，寧願被我砍掉也要找妳作伴。」小七教訓著無定形的流水，可能因爲觸摸到了，他的刀沒再砍下第二次。「我去陪祂一下，妳別太難過。」

什麼意思？怎麼好像和「節哀順變」是同一個意義？

「他要代替妳當人家的小妾。」阿夕的聲音經過我耳邊，然後漫步到樓梯下，用皮鞋「踐踏」階梯的水漬。

「什麼小妾！胡說八道！」小七半身浸在水裡，朝他大哥抗議著。

「小七，這對你來說明明只是小事一件，你讓我太失望了。」

阿夕單手把小七拉離水面，一秒、兩秒過去，連一抹小水灘也沒留下，房子乾爽得只剩下我的鼻涕。

我確定我動了也不會惹事，趕緊跑到小兒子身邊，確定他有沒有出事，摸摸臉、檢查手腳，好在沒有受傷。

「好不容易，祂才答應讓你們走……」小七惋惜不已，我摸著他的白毛，一把扯下。

「痛痛痛！大姊妳幹什麼！」

「沒眼光，那種濕答答的傢伙有什麼好！」我抱著小七大哭，讓他怎麼拔也拔不開。

「我得維持平衡，不偏袒任何一方，既然我的存在保證祂無法擁有妳，總是要補償祂原本該有的機會。」

很難懂，但對方想找我冰雪聰明活潑可愛的小兒子做小老婆，我絕對不准。

「這就是你那門派那麼快滅門的原因。」阿夕冷冷嘲弄著，小七怒視著他。「你必須爲你錯誤的決定付出代價。」

「沒錯！」我下意識附和。

「今晚，你就好好當媽的抱枕吧！」

「爲什麼！」

「耶！」

大兒子果然英明。

當晚，阿夕一直挾菜給小七，溫柔說著「吃呀，多吃一點」，讓我想到糖果屋裡的巫婆，養胖了兔子再宰了他。

窗外的雨愈下愈大，我們出不去，也沒法子對外聯繫。再這樣下去，土石流一來我們一家子全埋了，沒親戚能幫忙收屍，眞不曉得該怎麼辦？

「去睡覺。」林今夕聖旨一下，拉下窗簾，把我們趕到臥房。

媽媽我被安排到主臥室，房間好大，一看就知道阿夕打掃過了。我打開衣櫃，想找個空間晾我的濕衣服，沒想到在裡頭發現一件大紅晚禮服，濕的，還在淌水。

我當下鎖了衣櫃。大兒子是個細心的人，不可能把這種詭異的東西留下來，就在我思考要不要燒了它的同時，兔子七被推進房裡，不停申訴他的人身自由。

「小七，保護好她。」阿夕囑咐道，懷裡有睡熟的熊。

「我在走廊就可以了，爲什麼偏偏得和她一起睡！」小七抵死不從。

「因爲愛呀！」快撲到我懷裡吧，寶貝兒——

「媽，妳別多嘴。」阿夕睨了我一眼，又居高臨下看向他弟，輕輕拍打小七的臉頰。

「也不想想是誰把事情搞砸的，哪有你說話的餘地？再吵就把你捆起來，看你明天醒來還剩幾根毛。」

阿夕有條不紊、自然而然地說了反派台詞，簡直是天生的魔頭。

「媽，晚安。好好睡，小七。」而一眨眼，阿夕又是家裡的好長子、好大哥。

「小夕夕晚安。」

林今夕抱著熊寶貝揚長而去，剩下一身白衣白褲的男孩子，朝我瞪大眼珠。

我拍拍雙人床右邊的空位，對小七昂了昂下巴。小白兔，該來的總是逃不過，這就是人生啊！

小七忿恨地走來到床邊，無視他媽媽的好意，直接躺在木質地板上。

我扒住枕頭，可憐兮兮啜泣著，活像個被人拋棄的小媳婦。

「夠了，這樣妳滿意了吧！」

小七抓亂那頭白髮，帶著火藥味爬上床，捲了被子一小角，背對我睡覺。

我去挲他的背，被他出手拍掉。

「大姊，楚河漢界，妳敢跨過來我就跟妳翻臉！」

我又去摸他的頭髮，可能這次力道用對了，比較舒服，他過了半分鐘才把我的手塞回被窩。

「不要鬧了。」

「小七，跟媽媽聊天，好嘛，好不好？」心裡有話就說開來，才不會憋出病。

小七把腦袋埋在枕頭下，以致於我聽不太清楚他的聲音。

「大姊，白天說了過分的話，還讓妳受到驚嚇，我很抱歉。」

就是心裡有愧才甘心被阿夕指使，我彷彿看到這單純孩子未來被他大哥吃乾抹淨。

「以前師父會和這些仙靈交涉，都是因為我的緣故。小時候我容易被這類東西看上，師父就得想辦法把我討回來。」

我能明白小七師父的心情，開玩笑，可愛的小兔子耶，誰來搶我就跟誰拚命。

「師父平常都誇我很乖，可是談判的時候不得已，他老人家嫌棄我是沒人要的孩子，師父想不到其他的話，就一直一直講我沒人要，好不容易才說服對方。回程師父還特地買糖給我，我卻不跟師父說話，回去道觀師兄們還鬧我，說什麼要把小七賣掉。我晚上躲在祖壇哭，祖師爺就顯靈了，師父只好大半夜把我從供桌下抱出來……大姊，這麼悲傷的事，妳爲什麼笑個不停！」

「哈哈哈，不是啦，你沒聽過哭極反笑嗎？」太有趣了。

小七看我這樣，白淨的臉頰都氣得紅起來。

「我是想告訴妳，有些話雖然不是眞的，但從在意的人口中說出，沒辦法不放在心上！」

「小七，你眞是我的寶貝。」我拉拉他的白髮。

「可惡，妳根本沒在聽！」

「是我的小寶貝呀，才不是沒人要的孩子。」我從棉被下一路滾到小兒子身邊，把他圈進懷裡。

「不是妳生的，不要亂抱！」

我才不管他，兀自想像他師父後來怎麼撫慰這個傻孩子，那時候的小兔子應該不會刻意和身邊的人保持距離，想走就走。

「我不是妳親生的，親生的被我害死了……」

就因爲這樣，他沒有辦法不害怕待在這個家裡，我覺得他好傻好傻。

「小七是我的寶貝。」我把側臉壓在他的劉海上，小心把他捧在心口，跟他說了許多我出生那個大家庭的故事，疼我的爺爺、愛我的爸媽、寵我的伯伯姑姑叔叔。

他們教了我一件事——小孩子平安長大，需要很多很多愛。

小七聽著聽著，眼皮垂下大半，他睡著前半分鐘還是堅持男女有別、他不是小寵物等觀點，把媽媽我架開一些，只肯讓我順著他的髮絲。

被窩裏著兩個人，所以特別溫暖。我恍惚想著自己牽著一個孩子的手，那孩子有頭雪似的髮、不同色的眼，比身邊這隻年紀還要小得多。在他受到傷害之前、不能隨意撒嬌之前，養育他、愛他。

突然有件事閃過我腦海，小夕夕的安眠曲，好啊，被他用小七引開注意晃點過去，明天一定要記得討回來，還要加利息。

不是我自誇，大兒子的歌聲連神明都會屛息傾聽。我記得，那是非常美麗的音色……

「大姊、大姊！」

睡夢中的我被搖醒，矇矓地看著緊張的小七。

「妳怎麼了？要不要緊？」

身上怎麼黏答答的？我抹了兩把，好像都是血，從頭上有洞的器官一直流出來，奇怪的是，並不感到痛楚。

「小七，我想喝水……」嘴巴好乾，喉嚨像是有火在燒。

「妳等一下，撐著點！」小七鞋也沒穿地衝出門，看他離開，我有些後悔，應該把他留下來才對。

我無力地走下床，打開衣櫃，那件大紅禮服透著血色，誘惑著。我褪下所有衣物穿上它，意外地合身。

窗子被暴風吹開，雨往房間濺出一條水道，指引著我的腳步。我赤腳走到窗邊，機械式地伸出手，暴風雨奏出樂章。

「來吧，我的新娘子。」彷彿有誰，這麼呢喃著。

鐘聲響起，新年最後一刻，正是出嫁的好時辰。

□

腳踩青泥，我被簇擁著往林子深處前進，雖然一片黑抹抹，但我能感覺到四周歡騰的氣氛，盡頭依稀有熟悉的人影在等候。

我一直走，腳停不下來，呆滯地朝那幾個影子揮手。

爸、媽，你們的女兒終於嫁出去了，哈哈。

從小老媽就擔心我的歸宿，她說就算有人要，也一定會被婆家欺負，她這個親生母親都忍不住照三餐打了，更何況別人。

不過好奇怪，我想不出來哪裡不對勁，明明是這麼開心的事。和所有女人一樣，我也一直夢想著有一天，能和所愛的人立誓從此長相廝守，那個他會永遠陪著我，不會再被一個人孤伶伶抛下。

所愛的人……腦海裡閃過影像，怎麼好像和「那個他」兜不起來？

我困惑地來到小湖邊，一步一步踩著滑溜的石子走入水中。水流撫摸我的腳踝，纏繞上我的小腿，弄得人家癢癢的，眞是個小壞蛋。

我傻笑不止，還是很奇怪，總覺得缺了什麼。

手指隱約發出亮光，淡淡的白色光輝，我看著停下腳步，掌心殘留柔軟髮絲的觸感。

我找到錯誤了，森林裡不可能沒有小兔子！

這麼重大的發現頓時打醒之萍．林科學家。我怔在原地，睜眼看著身下這灘死水，冷意從腳底一路竄上頭皮。

我裝作沒事，大步跨下，做個投奔水浮屍的假動作，隨即轉身，拔腿就跑。

新娘跑了，男方總不會替我叫車回別墅，頓時草木皆兵。經過的每根樹枝都要勾我一下，這件低胸禮服被弄得開高衩到我屁屁，內褲都露出來，他們是打定主意要讓老娘嫁不出去就對了？

原本止住的雨勢又抓狂起來，害我看不清遠方的燈火；腳下的泥土化成泥水，骨溜骨溜，我又急又慌，不愼滑倒三次，再站起來，媽的好痛，腳扭到了。

我搥地洩恨，速度慢下唯一的收穫就是聽到雨聲之外的水聲，像海潮，一波波朝我的方向湧來。

我稍微評估現在的位置，沒錯啊，我的確是往上坡跑，水不可能往高處流，除非有什麼超自然……

好吧，我認命拖著一隻腳繼續逃命。人家不是說新年第一天會反映往後整年的運勢，早知道就去相親算了，不過阿夕會派人去砸場子，他太擔心他媽媽又被人騙。總之這太刺激了，我已經一把年紀，千萬不要多來幾次。

「放過我吧！」我還有三個寶貝要養，他們是比我自己終生大事還重要的幸福。

對方完全不顧我的意願，死纏爛打，這麼沒風度，我絕對不列入考慮。

右腳抽痛著，被追上了，我拚了命攀上高起的大石塊，水已升到腰際。要說臨死前有什麼憾恨，大概就是阿夕爲什麼要跟花花分手，爲什麼！兩人之間明明連熊寶貝都有了啊！

還有我的小七兔子，這個傻孩子很需要有人來疼，我不可以半路丟下他。

我被水往下帶去，手指抓石頭到都指破血流，來回十多次，直到手抓了空，我不甘願地輸了。

滅頂後，我反覆數著兒子們的名字，好想再見他們一面。

「退下。」

聽到熟悉的聲音，下一秒我就被打撈起來，我看到沾滿泥沙的腳丫、濕透的襯衫和冰冷的眸子，整體加起來就是個狼狽的大帥哥。

水似乎消去不少，但我的腳還是浸在裡頭拔不起來。

「我說，退下！」

阿夕大吼一聲，水位頓時下降三尺，連帶我也腳軟跪在他跟前，咳出好幾口髒水。

「兒子，你怎麼在這？」我癱在他大腿上，不論實質或意義層面，阿夕眞是我人生中的稻草。

阿夕不說話，低身把我從頭跟腳攬起來，剛才在水裡沒注意到，他的手冷得不正常，呼吸不順，不時喘著氣。

我實在太粗心了，他從上山那時候脾氣就特別暴躁，兒子小時候生病都這樣。

「你發燒了？」我把額頭貼上去，他只有臉這一塊燙得像燒鐵。

「妳就只關心小七。」

要是平常阿夕說出這種彆扭的話，我一定鬧他三天三夜，可是現在情況不允許，大水又捲土重來，眼看就要淹了我們倆。

「今夕，聽媽的話，快走。」

兒子不但反抗母命，還把我抬到肩線以上。

「有把握殺得了我是吧？很好，那就別讓我活著離開這塊土地，不然的話——」

山頭劇烈震動，可見阿夕沒說完的威嚇有多麼可怕。樹林靜下，風也不再吹了，只剩澎湃的水勢硬是和我們卯上。

「阿夕，放手吧，你還有大好的人生，媽媽求你了。」我不容許兒子當陪葬的嫁妝。

「妳說過，不會離開我。」

寶貝，別選在這種節骨眼任性，你腳沒事，你夠高，你還走得了，只要扔下我，絕對逃得掉的。

我掙扎著，眼淚都快跑出來，可是阿夕完全不爲所動。

「林之萍。」

不孝子，竟然直喊你老媽名諱。

「抱緊我。」

阿夕淺黑色的眸子緊盯著我，我訥訥低下頭，反抗不能，伸手環住他的脖子。

時間眞是個奇妙的東西，記得七歲的小小夕總是坐在家裡的玄關等我回家，不論我加班到多晚，他就是在那裡等著我；十歲的小夕夕似乎了解到他媽的死德性，跑去申請手機門號，出門前再三檢查我有沒有把電話帶在身上。

十八歲的阿夕考上駕照，考上大學，我買了黑色一二五當他的禮物，我還記得當時他開心的樣子。

他說，媽，我可以接妳回家，每天每天。

我聽了當然很高興，高興死了，但是曾幾何時，我已經從一個保護者的角色，耽誤到他的青春，他的視野應該更加遼闊才對。

所以我拒絕了他。

十九歲的林今夕變得好凶，我在他肩膀上感慨著，從前那個乖巧聽話的兒子是不是再也回不來了？

水持續上升，水面漸漸呈現出某種怪異的現象，一圈黑濁色的水包圍著我們，並且向外擴散出去，我見到幾片漂浮在水中的青葉子，一接觸到黑水就腐爛掉，那麼我兒子呢？該不會下面全變成白骨了吧？

「媽，別大驚小怪。」阿夕低聲叫我安分點。「我死也會和它同歸於盡。」

我才發現，水中的黑色是從我兒子身上滲出來。

「不要啦，不要死不死的，你要媽媽老了以後怎麼辦？」我感到害怕，怕沒有辦法制止他的決定。

幾絲光亮滲入我們之間，這些似雪的白光壓制水中的黑暗，我以爲是月色，可是今晚初一。

我看到小七站在遠處的岸上，帶著光芒躍入水中，渾濁的水從他那邊變得澄澈，那身奪目的亮光不停放大，直到他頂著一頭濕漉漉的白髮來到我們面前，清水和黑水壁壘分明。

「結束了。」小七這麼說，話裡似乎悲嘆什麼的逝去。

「元宵節能不能再表演一次？」亮亮的好漂亮，月光兔子。

「大姊——」小七拉長尾音，好吧，我住口。「把她交給我吧，你已經到極限了。」

我腰間一緊，阿夕勒得我吃痛叫著。他嘴唇發白，眼神對不上焦，但就是不肯放手。

「不會搶走她的，我保證。」

小七說完，阿夕那根緊繃的弦就斷了，我跟他雙雙栽在小七身上。

淹了整座山的大水一時間退不了，不過現在水就只是水，小七一肩扛著腳殘的我，一肩擔著昏迷的阿夕，辛苦走著水路。

「你跟哥哥又吵架啦？」我手指轉著發亮的白髮，這眞是我見過世上最美的東西。

「我破壞了你們家的平衡。」小七垂著眼，又在說傻話。

「阿夕說的？」

小七搖搖頭。

唉，我知道阿夕教訓人的狠勁，他會抓住對方的弱點，到最後讓人覺得自己連草履蟲都不如。

「他在氣頭上嘛，你不要太介意。」

小七停下來，重新調整好我們的位置，避免阿夕扭到還是我撞傷。

「呼，今天眞是太驚險了，還好有小七在。」我蹭著兔子耳朵，由衷表示。「這個家能有你，眞是太好了，英雄七，萬歲、萬歲！」

小七眼角瞥過來，勉強彎了下嘴角。

我一路唱歌給他聽，五音少了三個，還擦掉他偷偷滑下的淚。

□

回到別墅後發生許多不可思議的事，像是太陽從東邊昇起、我家的熊忍著沒哭，還有小七徒手把我脫臼的關節接回去等等。安頓好所有事後，小兒子碰地一聲，倒頭就睡。

接下來就交給媽媽了，我從阿夕的行李翻到退燒藥，像以前一樣，頭上敷冰毛巾，手上放熱水袋。衣服是小七來換的，因爲小七怕阿夕醒來跟他翻臉，這兩兄弟到底把媽媽我當成什麼？

這間房有兩張單人床，大兒子、小兒子一左一右睡著，我觀望好一會，聽見阿夕微弱的呻吟聲，決定還是好好照顧大兒子，當個正直的母親。

可惜沒人和我閒聊，我認眞看護半小時就眼皮打架，斜趴著打盹了。

醒來時，初二都過了大半，隱隱約約，床上的人有些動靜，我透過手臂的縫隙看去，阿夕抬起左手，端詳他空白的掌紋。

「有肉體眞不方便……」他在埋怨，眞難得。

「什麼不方便？」我給他一個驚嚇，阿夕半跳起身，額頭的毛巾都掉下來。

「媽，妳好無聊。」

哈，大家都這麼說。

我也不是眞的想追問他的小祕密，把他懷裡冷掉的水袋再裝點暖和熱水，擰乾毛巾，再叫阿夕乖乖躺好。

「我想到你小時候生病都要人陪。」泛紅的小臉頰和嘟起的小嘴巴都令我懷念不已。

「媽，不要在我胸口畫圈圈。」

阿夕拍掉我手指，然後看了隔壁床睡成一團的小七和熊熊，又轉回來看向我，露出滿意的笑容。

「別那麼小氣嘛，你可是老大。」

「我只聽過孔融讓梨。」可能是發燒的關係，阿夕今天格外坦率，邪惡得表裡如一。

「到頭來他還不是滅了那妖孽，把這座山立在自己名下。如果照我一開始說的去做，妳就不會出事了。」

「可是小七不喜歡這樣。」

阿夕不置可否，撈來床頭的醫藥箱，仔細爲我的指頭上藥。

「媽，我很自私，非常自私，想要的東西寧願它壞了也不要讓給別人，希望妳能明白這點。」

我沒有問阿夕想要什麼，也沒有勸他把心胸放寬，只是轉頭望著小兒子的睡臉，出自直覺地說：

「你答應媽媽不要傷害小七。」

阿夕用力地包紮手指，我能從疼痛感受他的不滿。

「他是你弟弟耶，一個人一輩子能有幾個兄弟？」

其實比起人類和其他不管肉眼看不看得見的生物，阿夕對小七已經是僅次於我和熊寶貝的好，光是廚房那些條列分明的兔子便當菜單就足以證明。

「妳今天都待在這個床邊，我就答應妳。」阿夕拉住我左手，眞是的，小孩子就是小孩子。

「可是我還得叫小七起床尿尿。」我肩負著吹口哨的重責大任。

「……爲了他好，妳給我待在這邊。」

「吶，今夕。」

「媽，妳根本不會吹口哨，只會發出空洞的噓噓聲，死心吧。」

「不是啦！」幹嘛那麼早恢復理智的本性？「我只是想說，就算世上充滿可愛的小男生，我也不會丟下你。」

林今夕發出嗤笑聲，把他老媽當傻子，笑個不停。

因爲他的笑聲太好聽了，讓我想起被他糊弄過去的金曲點播。

阿夕勉爲其難起了音，卻猛然咳嗽起來，幾乎像是哮喘，我趕緊拍拍他的背順氣，過了很久才止住。

「下次吧，下次再唱。」

我俯下身，撥開劉海，輕輕地親了下阿夕的額頭，就像他小時候那樣安撫他。

「媽。」阿夕露出一張我許久未見、孩子氣的開心模樣，可見他眞的病得不輕。「等妳答應，我再唱給妳聽，只唱給妳一個人聽。」

神算

風和日麗的三月天，我目送兒子們上學去，一如往常，阿夕交代了這也不准那也不准，下了班要早點回家，連小七都來插嘴，還以爲媽媽我是失智老人。

「大姊，妳今天別和生人打交道。」

我歪頭，他這樣講和「不要跟陌生的叔叔走喔」有著異曲同工之妙。我笑了，不料他們兩雙眼死盯著我，我只好連聲答應。

「這是一種預感，我說不清楚，總之小心爲上。」小七三申五令。

小兒子內建不少不可思議的功能，我覺得很有意思，媽媽我當然相信他的話，也不會當成耳邊風，不要用懷疑的目光望著我遠去。

而今天在公司，剛好老王午休看了介紹人類第六感的科學節目，探討預知眼的眞實性和形態。電視中的科學家進行各種人體實驗想要證明或反駁靈媒的存在，讓我想到之前自己也做了類似的研究。

把一根胡蘿蔔拿到兔子面前晃一晃，受試的兔子呆了下，然後滿懷期待地問我晚上阿夕是不是要煮林家魔王特製咖哩，屢試不爽。

以上所得到的結論就是：我兒子很可愛（大心）。

老王一邊看著電視板一邊對倒茶的我說了很玄的話。他說東方老早以前，巫術和醫學合在一塊，叫作巫醫，只是後來這兩個系統由醫家勝出，佐以近代科學，變到今日霸道的顯學，那些「特異功能」理所當然變成騙術。

我不甚了解，王大祕書總有他獨到的見解，只要我多問幾遍，他就會解釋給我聽。

他舉了光學作爲例子。曾經那些作古的科學家爲了光是一波一波的東西還是一粒一粒的東西吵個不停，曾經光粒子學說橫行一時，波動說淪落成笑柄，只要人們不相信，就不是世界的定理。

直到粒子再也沒辦法解釋光的某些運動現象，有人才翻翻以前的記載，又說波動理論才是對的。經過科學家們不斷爭鬥自己眼中的眞理，過了好些時間終於承認兩者都是眞實。

同樣地，醫學至今依然有許多無法解釋清楚的區塊，像是氣呀、記憶、一些眨眼間死翹翹的急病；更深入來說，現今科學駁斥的靈魂、轉世、沒有辦法從分類表界定的鬼與妖怪，就因爲沒辦法證明它們的存在，說不定一切只是由於這些不是這條路可以解釋得清。

老王喝口茶，然後瞄了我一眼。

「我會有這種想法，都是妳的關係，妳那兩個兒子到底是什麼傢伙！」

唔，不就是風靡全校的大帥哥和百畝森林來的小兔子嗎？

老王又回到預知的話題上，不論中外都很熱中預卜未來，不過以前不把它當成奇蹟，而是技術，西洋叫星占，中國則是卜算。

意思是，未來並非虛無縹緲，在「專業人士」眼中有跡可尋，他們根據已知的線索推導出將要發生的事實，這樣仔細一想，和以科學演算來證明四維空間各種現象不是殊途同歸嗎？

老王說我家小七可能也屬於這種專業人士的一員，不過他有聽說過更厲害的人物，一瞬之間，就能掌握對方的命運。

那種等級的，以前常去做王宮裡爲皇帝看星星的人，對天地運行有著常人無法比擬的直覺，百年不出一個，叫「神算」。

下班後，我謹遵寶貝兒子的囑咐，不亂跑，只繞路去買剛出爐的包子。

今天發薪，怎麼可以不買些點心慶祝？只是我本來想要三個就好，老闆娘卻說買五顆家庭號有折價，於是我把熊寶貝和鄭王爺也算進去，五粒包子剛剛好。

我走到一半才想起有嘴巴吃的家庭成員總計還是三個，這樣會多出兩個大包子，這個餘數不論是當明天早餐或是塞去給小七當便當都會被阿夕罵，我自己吃掉湮滅證據，然後晚飯吃不下的話，還是會被阿夕罵。

怎麼辦？就因爲幾顆包子要弄到家庭失和嗎？

就在此時，經過的暗巷傳來喧鬧，我多看兩眼就被那群還穿著制服的小混混瞧了兩聲，沒辦法，我只好躲到旁邊垃圾桶偷偷觀望。

他們把一個別校的男孩子圍在牆邊，輪流推打，這應該是所謂的校園霸凌。阿夕從國中當到大學學生會長就一直致力平息這種扭曲的現象，效果顯著，每個欺負者到頭來都會淚流滿面跟他磕頭懺悔，認他做老子。

我總是教育孩子們暴力是不對的，意氣用事沒有必要，叫他們看到黑道混混跑就對了。

可是對於我這個長輩，眼睜睜看著和自己小孩差不多大的小男生被拎起來從頭頂淋可樂，總是不能視而不見。

「啊——強姦啊——！姦了又姦了啊——！」

我賭他們不敢揹負愛菊花的罪名，喊了一分多鐘，那些臭小鬼終於放開人質跑走，之間我被推了幾把但沒什麼大礙，拍拍屁股去探視那個男孩子，他已經被打到癱在地上。

我拉他起身，看他搖搖晃晃站好，從手提包翻出紙巾給他擦臉。

他低著頭，對我的紙巾遲疑一會，我再三保證它絕對沒擤過鼻涕，只是剔過牙齒，他才接過去，擦乾滿臉的可樂。

等他撥開那頭濕劉海，我著實怔了好一會。唇紅齒白，五官細緻，好一個漂亮的孩子。我要是晚點到，說不定他屁股真的保不住。

而且，我覺得他沒來由地眼熟？基本上，我對小男生的記憶力都很不錯啊！

「你怎麼會遇到這種事呢？你爸媽知道了一定會很心疼。」

他眨了眨眼，眼珠顏色比常人淡。小七的像玉，他的像琉璃，我愈來愈有在哪裡見過這孩子的印象。

「哎，我說他們會死。」

「咦？」

我確定他的確是在回覆我，聽起來就像「天氣很好」一樣，輕鬆又帶點散漫。

「眞是太可怕了，那該怎麼辦？」這可不是小玩笑。

他擊了下掌，對我燦然一笑，害我心中小白兔的地位動搖了一下下。

「對呀，照理說接下來要向我尋求解決之道，怎麼就一拳揮過來了呢？」男孩抿起嘴角，有種無辜的天眞。

「你這樣空口白話，他們會以爲你來找碴。」我解釋一下正常人的心態。

「不是平白無故，那是近一年會發生的事實。」他眼中閃動流水似的波光，在我看清楚前又闔上眼瞼。「煙火炸開，鐵皮屋子燒了起來，淚水呀，他們的親人不住慟哭，因爲那些孩子全成了焦炭。」

我張口無言好一會，過了會才找回聲音。

「就算你說了，他們也不會信你的。」

「爲道之人，本該爲人指點迷津……唉，也罷，來做正事好了。」

他重新打起精神，恭恭敬敬朝我行了禮，不知道腦袋有沒有被打壞？

「夫人，在下一事相求，煩請支助，不勝感激。」

「嗯？」

他好像說了中文又好像不是，我嘿嘿幾聲請他再說一次，他愉快地再來一遍。

「這位太太，有件事請妳幫忙，可以嗎？」他露出大大的笑容，我忍不住跟著笑了。

「沒問題！」我絕對沒有被美色誘惑，絕對沒有。

男孩朝我欠了欠身，有種他這年紀少見的優雅和恬然。

「敝姓陸，陸祈安。我找白七仙。」

□

我帶人回到家的那刻，隱約想起小七早上說了什麼關鍵字，不過一對上男孩眼中的笑意，我就什麼都忘光了。

這樣是不是叫作愛江山更愛美人，還是野花總比家花香，亦或是色字頭上一把刀？

「坐坐，當自己家，不用客氣。」

我去泡茶，順便把買來的包子熱一熱裝盤，端出來就看見一人一熊玩得不亦樂乎，真不簡單，熊寶貝平時可是很怕生的。

「好可愛的寶寶。」算命男孩微笑說著，我發現他說的是「寶寶」，不是「娃娃」，和我兒子們一樣，有雙特別的眼睛。

我把包子放下，他那雙眼亮了亮，開心地伸手去拿，就被燙到了。

原來再厲害的算命師也看不出包子是火熱的。

就算手指發紅，男孩仍舊不氣不餒，張大口咬下肉包，整個人洋溢著幸福的小花，我多買幾個果然是正確的抉擇。

「小安，你喜歡包子嗎？」要是他是我兒子，我一定朝他鼓起的臉頰捏下去。

「嗯，就算裡頭有肉，還是好好吃。」他燦爛笑著，我忍不住拍拍他的頭。「夫人，可以帶一個回去給我弟弟嗎？」

好是很好，可是他對包子的愛意和那雙透明色的眼倒讓我想到爲什麼這孩子眼熟。

「你很像我的初戀情人呀……」說來話長，我只見過那人兩次，兩次都被那人救了一命，他卻一無所求。

「眞是遺憾，我爹爹娶了我娘親，死會了。」不到一秒，他立刻明白我話裡的意思，簡直比阿夕還像我肚裡的蛔蟲。

這世界實在無巧不成書，我前陣子才想起故人，那人的孩子就來到我面前，而且還長那麼大了。

「你爸爸當初好帥氣，萍水相逢卻願意捨身救我，是個好男人。」

「是呀，比起陸家，他比較像白派那邊的傻瓜。」男孩端起茶，細細嚐了一口，眼底有抹複雜的情緒。

「傻瓜也不錯，老天爺比較疼笨蛋。」我眞心如此認爲，像我家小七就是需要人來好好疼惜的小呆兔。

「是這樣嗎？哎，人回來了。」

他話剛說完，門鈴隨即響了兩聲，我趕緊穿了兔子拖鞋去開門，還沒到玄關，我家小兔子就興匆匆地穿門進屋。

「大姊、大姊，我跟妳說、我跟妳說！」小七踢下皮鞋就直拉著我衣襬搖，強烈衝擊到他媽媽的人母心坎裡。「妳猜我美術課做了什麼？」

「是什麼？」我從小七肩膀瞄到他藏在背後的東西，但裝作不知道。

「妳看，是兔子喔！」小七雙手捧起紙黏土做的模型，外面貼滿白軟的綿花。「蘇老師說我做得很好，我就帶回來給妳看，等一下也要告訴王爺公，還有今夕哥，我再給它上點符咒，它就能在家裡陪熊仔玩了！」

小七的視線順勢轉向總是趴在沙發的熊寶貝，沒想到卻看到一個笑臉吟吟的男孩子。

我忘了跟小兒子說家裡有客人，小七當場呆在原地。

「阿七，好久不見。」捧著茶，神算男孩露出有些甜膩的笑容。

「啊啊啊！」

小七嚇得差點摔了兔子，一連倒退撞到大門門板。

「你怎麼會在這裡！」小七用力指著對方的鼻子，沒禮貌。媽媽我記得說過不可以這樣。

「是令堂帶我來的呢，還請我吃包子。」陸小安朝我感激一笑。

我看到小七的臉從鐵青色漸漸化成憤怒紅，整隻兔子炸了開來。

「大姊，妳又把我的話當耳邊風！」

我別過臉，吹著只有空洞噓噓聲的口哨。

「他說要找你嘛，我想你們說不定是失散多年的故友。」被懷疑到色令智昏之前，我搶先辯解著。

「誰跟他老朋友！我上輩子踩到屎才認識他！」小七的反應好激動，好像那個清雅的男孩子是什麼髒東西一樣。

「阿七，我有在你墳前上香。」陸小安微笑補充道。

「不須要！老子前世就是給你這個禍害害死的！」小七深表痛恨之情，可我怎麼看都不覺得小道士像壞人。

「七七，是我叫你去撞雷公嗎？不是嘛，那你怎麼怪到我頭上來呢？」

小算命仙攤開手心，眨眼的模樣看起來好無辜。

「要不是你殺了風仙，弄得天界差點毀了人間，我何必去承擔那九殛天譴！有你在準沒好事，看到你就倒彈！」

「你誤會了，祂們的目標始終只有你一個人。為了一個好的，殺了其他普通的，對上面的祂們而言根本不算什麼。」

他們兩個男孩子一怒一笑聊著往事，不聽那聽不懂的內容，怎麼看都覺得他們是熟人。我插進去勸架，把小七安放到對面沙發，給顆包子安撫情緒。

「對了，阿七，我喜歡年紀大的女性。」神算男孩突然笑咪咪地看過來，讓阿姨我真不好意思。

「你敢動她一根寒毛，我就連你雞雞一起剁碎！」小七撩起兩隻兔爪子。

男孩笑著討饒，我能感到他是真的高興能再見到七仙一面，帶點懷念，還技巧性惹小七生氣。

「我這次上門是為了一件要事。」小客人清清喉嚨。

「你快滾，而且不可能有下次了！」

「七七，借我刀——」男孩伸出手，對小七晃了晃。

「你這是求人的態度嗎！」

「我從見到你第一眼就知道你是個好人，借我刀。」

「不要，你給我去死！」

「好吧，我可以答應你一個願望，借我刀。」

「那我就拿它宰了你算了！」小七就快要翻桌了，兩顆異色眼珠猛然一瞪。「你也是想要爭下界？」

「陰間？你誤會了，那個我自己拿得下來，只是有些情面上的問題。」陸小安擺擺手，伸腿把桌子穩穩壓下。

「你千萬、千萬不要藉機生事，在人世好好當你的道士。」小七一臉凝重囑咐著，男孩卻還是一副輕快的笑臉。「眞要打起來，你贏不了我的。」

「是嗎？」

我看小客人略略刷開眼睫，琉璃眸子盯著眼前的小七兔子，好像在讀取什麼資料，過了好一會他才重新開口。

「阿七，你等到你母親了嗎？」

小七僵住背脊，手中的肉包被他抓出十個指痕。

「法則有其禁令，你不要隨便偷看別人人生的時間軸，這不關你的事！」

「那不是你的錯，你對天上還抱持著不切實際的天真，但祂們為了『考驗』你是否能擔當那個位子，任何事都做得出來。」

我在巷弄偶遇的小算命仙收住笑，望著小七輕嘆。

「那把界定陰陽宇宙的神器就在你手上，你從不希望挽回什麼，是嗎？」

「我不會因為一己之私改變過去！」

「可是我想。阿七，你幫我一次就好。」

小七臉色凝重，似乎他老朋友提了一個非常恐怖的要求。

「你瘋了嗎？你習道好幾輩子，怎麼可能不明白顛倒天地綱常的後果？」

「阿七，看在我們多年交情的份上，你依了我吧？」男孩懇求著，目光款款，要是我就馬上答應他。

「老子跟你哪來的交情？這不是幫你帶小孩、陪你跟生番群戰一類的事。逝者已逝，要是有個萬一，人類死光光怎麼辦！」

陸小安眼中藏不住失望，默默去抓最後一顆包子，被小七打下手，因為要留給阿夕吃。

「你利用美色拐騙這白痴女人來我家就是為了白吃白喝還有說這些任性的廢話嗎！」

我在旁邊聽得緊張，揪住小兒子的衣袖。

「小七，你誤會媽媽了，雖然我有偷牽這漂亮孩子的手，但媽媽最愛的還是你啊！」

「大姊，妳少來了，我一定要跟大哥說！」

哇啊，不要啦，阿夕回來絕對會狠狠教訓他柔弱可憐的媽咪呀！

「哈哈，你們家眞有意思。」陸小安輕拍兩下手，對我的家教表示肯定。

「笑屁啊，你還坐在這裡幹嘛！」小七把他老朋友從沙發上拔起來，使勁把人拉到門口去。

男孩笑點被點燃後就笑個不停，還比著小七的頭，說他變得好小隻，而小七最痛恨別人說他小巧迷你可愛。

「我今天就宰了你這個神棍來替天行道！」

「哎，你還是跟以前一樣經不起玩笑。」神算男孩反執小七的雙手，開心搖了搖。

「七七，天上很寂寞的，你就待在人世吧，這樣說不定有一天你就會把刀借給我，然後我會很感激你。」

「這世間一定哪裡壞掉才會生出你這種混帳。」小七咬牙切齒，我看他們明明就感情不錯，難得小兒子有這麼一個可以暢所欲言的朋友。

「抱歉，我實在太晚來了，好在你遇到了夫人。看你一直在學校努力集點要換巧克力給她，就知道她對你有多重要。」

小安安溫柔地說，我怔怔看向小七，不由得感動起來。

小七顫抖著，臉紅紅到耳根去，男孩輕輕數著一二三，到第三秒，小七就提起銀白的大刀，劈下去。

「你這個人最該死的地方就是你太多嘴了！」

電光閃動，陸小安從背後抽出青紫色的長劍，雙手橫劍擋下。雖然類似的特效畫面看了不少次，但我還是搞不清楚他們這些專業人士從哪裡把武器變出來。

「阿七，忠言逆耳啊！」

「什麼忠言？你那個叫妖言惑眾！」

他們在狹小的公寓追逐起來。小七身手一向很好，可是對方看來也沒有居於下風，每當他們兩把刀劍在空氣中交會，我家房子都會震動一會，周遭還會亮起青白相間的光紋。

他們兩個互相較勁的高彩度聲光場景，讓我忍不住想到以前我和大黃狗爪子打架的過往。兩隻幼獸愈是旗鼓相當，愈是難分難捨。

「阿七，這個家有點奇怪吶！」小道士笑咪咪說道，側身閃過小七的攻擊。

小七站定之後，臉色不太好看，用眼神威脅老朋友不要多嘴。

「你的氣息純正純陽，為何屋裡一派中和？這表示應該還有一股和你旗鼓相當的陰氣存在，這很難得呀！」

「關你屁事！」小七一閃而逝的慌張被男孩和我抓得正著。「你快滾出去，否則休怪我不客氣了！」

「阿七，你很想念養育你成人的師門吧？儘管白派已不在了。你三百年來一直守著人間，卻一直等不著他們出現，讓你往生母的思念之情又偏過兩分，才會鑄下今世的苦難。」

「陸混蛋，你可不可以封住你那張惹事的烏鴉嘴？順便閉上你那雙造孽的眼，我不需要你來指引我的前路。」

小七說得決絕，陸小安無法，就只能往我看來。

「夫人，他就是個愛逞強的孩子，請妳多擔待。」

「放心，我會很疼他的。」我保證每天會摸摸三次兔子毛、聽他說話訴苦、不讓他在外頭吹風淋雨，養得毛皮豐美。

「這眞是太好了。即使阿七什麼也無法給妳，妳還是願意爲他犧牲奉獻，連命和比命還重要的寶物，都忍痛割捨。」

神算男孩朝我一笑，稍稍放鬆了我緊繃起來的神經。

「陸瘋子！」七仙喊的音量不大，但話裡帶著濃厚的警告意味。

「阿七，我這世叫祈安。」

「隨便，反正你就是個神經病。」小七上前抓住男孩的右臂。「這是我的事，你不要插手。」

「可是，七七，她眞的很愛你。」陸小安伸手想撥撥白小七的亂髮，小七閃避過去，他只好微微一笑，收了手。

「我知道。」小七沒有看我，異色的雙眼垂得老低。「你會嚇到她，少說兩句。她雖然對那個世界有著極大的包容心，但畢竟是個『看不見』的凡人。」

就因爲我看不見，所以阿夕和小七才有那麼多小祕密可以瞞著媽媽，好討厭呀，有種被排擠的心酸。

「阿七，你們白派師兄弟雖然沒有血緣，但比平常人家還要親暱。我看著，也忍不住欣羨。」

「你不要一提再提，我知道他們不會回來了。」

「我只是想告訴你，不是任何人都能做兄弟。」男孩眼底幽光微微，話裡意有所指，而在這個時候，我家大門應聲而啓。

一身黑衣的林今夕就站在玄關，毫不客氣迎上神算男孩的目光，我能感到兩人之間暗潮洶湧，難道小安安和我家阿夕也有一腿？

「陸某適才眼花，看錯了人，險些就要跪下去了呢！」

我揉揉眼，可愛的小客人正以無比可愛的笑臉挑釁林家的暴君。

「你給我住口！」小七連忙摀著老朋友的嘴。

「滾出去！」阿夕吼得讓人心頭一震，我養了他十三年，從來沒在家裡看過他發這麼大的脾氣。

「這裡是人世，您要我這個卑微的人類到哪兒去？」

「那就下地獄去吧？」林今夕由衷建議道，這根本是決鬥之前的開場白，我趕緊挺身而出緩和氣氛。

「阿夕，別這樣，他是個漂亮的小男生。」我張開雙臂，英勇擋在陸小安面前。

「小七，把媽拉走，她眼中只有美色。」阿夕朝我們走近一步、兩步，室內燈光閃爍，頗有鬼片的氣氛。「這房子不接受外來者的法術，你既然自投羅網，我也無須客氣。」

「大哥，他沒有惡意。」小七祈求般喊了聲，就算對象不是我，媽媽我聽到這綿軟的音調骨頭都快酥了，阿夕怎會無動於衷？

「阿七啊，你爲什麼要低聲下氣？他一直在利用你呀，不然這般漫天蓋地的鬼氣，整個公會大概全殺來了。」

小七用力扯住神算男孩的嘴皮，阻止他再說半個會惹惱阿夕的字眼。

「哎，這也不能怪你，你連他是什麼傢伙都不知道就全盤信任他。你的天賦是如此難得，腦子卻不好，也難怪註定坎坷走過世間路。」陸小安依然口齒清晰說個不停。「阿七，你還是把刀給我吧！」

「小七，笨沒關係，但要學著記取教訓，被騙一輩子，就不要再被騙第二次。」阿夕就像個好兄長指導幼弟的人際關係，走到我面前，俯視著我。「媽，那個人有錯誤的靈魂，妳離他遠一點。」

無法抗拒那道低磁的嗓音，我不自覺移開腳步，被迫成爲觀眾。

「你打算在『家人』面前露出眞面目？」陸小安對阿夕巧然一笑。

「永絕後患，値得。」

「那陸某眞是好大的榮幸，竟能由大人您親手帶下陰間。」陸小安甜美一笑。「不過，即使是您，下去了就不能上來了，您捨得嗎？」

林今夕的臉色頓時有些駭人。

神算男孩哈哈大笑，冷不防轉身一跳，像隻頑皮的小章魚扒住我家小兔子。

「七七，我還不想死，救我吧！」

小七咬牙切齒，轉動脖子的金鍊，一眨眼，兩個可愛的小男生就從林家破公寓消失無蹤。

我好遺憾，但林家的警報也跟著小道士的離去而解除。

「嘿，阿夕！」我過去，搥了大兒子的肩膀，卻被大兒子扭緊臉頰，好痛！

「媽，雖然我和小七脫離不開那個世界，但妳至少可以和那裡保持距離。」阿夕教訓著，邀請小男生來家裡培養感情的事，可能會讓他記上一整個月。

我知道難免有風險，但又不想離他們太遠。兒子們的眼睛和世人不太一樣，身爲他們的母親，總想試著了解他們眼中的景色。

「今夕，你記得小時候媽媽帶你去給高人算過命嗎？」

「那些都是神棍。」阿夕強硬說道，他至今還是對不可思議現象敵意深厚。

「他們不約而同說你短命，說你不是人間的存在。」我鼓起勇氣好奇一下，即使我知道阿夕一直避諱談到那個糾纏他至今的九泉之下。

「媽，妳不要想太多，我會一直在妳身邊，只要妳願意。」

「噢，寶貝。」這眞是我聽過最感人的甜言蜜語。

正當我要撲過去抱著阿夕轉圈時，白光乍現，送貨員小七氣喘吁吁回家來。阿夕收起對我的溫情，冷然迎上小七的目光。

從新年快樂之後，阿夕就不再總是好好大哥，不高興的時候會凶兔子。這叫原形畢露還是虐待小動物？

「人呢？」

「送回家了。」小七頭低低地回答。

「對你來說，外人比較重要就是了。」

小七睜大異色眼珠，阿夕的話可是非常嚴重的責難。

兔子倔強地說：「我不想你們起衝突，我們前世認識好多年，他不會動我的家人。」

「愚蠢！」阿夕吼得連沙發上的熊寶貝都嚇得跳起來。「這個家可不是給你作爲大愛的陪葬品，你的原則終有一天會把我們賠進去！」

小七張著唇，卻說不出話來。我看他的眼睫無助眨動著，很是心疼。

媽媽我沒辦法仲裁是非，只好從背後把小兒子一推，推進大兒子懷裡。

「來，兄弟兩個抱一抱，手握手，和好，就能吃晚飯了！」

「媽。」阿夕無奈地唸了我一聲，有軟化的趨勢。

小七慌張退開長兄溫暖的懷抱，臉漲成蘋果紅，看起來好好捏。

「大哥，對不起。」小七又把腦袋垂下來，既然阿夕說是他的錯，他就全部承擔下來。

一秒兩秒三秒，我親眼見證林今夕鐵石心腸動搖的過程。

「算了。去洗手，衣服換一換，等一下出來吃飯。」良久，阿夕說，拎著那袋生鮮就直往廚房走。

我在後面竊笑得很大聲，阿夕也沒回頭，放我跟小七在客廳善後。

小七默默把沙發上的小兔子收進書包，就要回房間自閉起來，沒想到我和熊寶貝尾隨在他屁股後，一起住進兔子的小天地，趕也趕不走。

「怎麼辦？還沒給阿夕看你的小白兔。」

「沒關係，是我不好，惹今夕哥生氣。」小七眼神呆滯，陷入自我厭惡的迴圈。

其實我也有錯，除了隨便帶可愛小男生回家這點，我這些年來，大部分的時候都依著阿夕，我能笑著讓他，但不代表小七可以。親子和兄弟的立場並不一樣，阿夕現在不是獨子了，也要學習。

「沒事的，只要稱讚阿夕飯菜好吃，他就會消氣了，媽媽我最明白他的脾氣了。」因為我踩過林今夕無數的地雷，堪稱勇士。

我伸出雙臂，小七沒有閃躲，我就順勢把軟綿綿的兔子抱下去，熊寶貝也學我湊上一雙爪子。

「大姊，我再待在這個家真的好嗎？」

好極了呢，沒看到我每天玩兔子玩得那麼高興嗎？

「小安對你說了什麼？」

小七搖著頭，有點……我不知道這麼形容對不對……有點軟弱地推開我，一個人往牆壁靠著，要孤僻。

「我時機到了就會離開，妳不要對我太好。」

我想說，那就不要走，讓我盡情疼愛你長大，但這樣就限制住了小七的未來。

我多少明白，他會是個大人物，現在只不過是兔子腳不小心被獸夾抓住，虎落平陽。

就和阿夕一樣。

「小七，如果你以後到天上去當月亮兔子，要記得想媽媽喔！」

「就說我不是兔子，妳不要一直叫我兔子。」小七做出微弱的反抗。

「媽媽在底下也會很想你的，你偶爾低頭看看我就好。」

我的要求該還算合理，就算以後沒有毛兔子可以抱，我也會忍耐，讓他不要太掛心。

小七眼眶泛紅望著我，我抿唇一笑。眞是的，沒有我在，誰來哄林家小小兔子開心？

其實我還是打從心底認爲，這是專屬林之萍的寶貝，管你天有多大。

□

幾個日子過去，我都快忘了那張可人的笑臉，然而，緣分這種東西，實在難以捉摸。

「林之萍，別發傻了，準備一下。」老王用公文夾打醒我的兔子夢。

「王兄，總經理老大明明點名你過去。」我才不想爲了那種無聊事浪費時間。

「我才不想爲了那種無聊事浪費時間。」老王嘖了聲，英雄所見略同。

今天董事長請了高人來看敝公司風水，而爲了這位鼎鼎大名的師父花了本公司百萬公費，讓王大祕書非常不爽，揚言要找專人告垮那間騙子道觀。

老王不是不信邪，而是不信人。他說風水師父裡九十九點九九九（以下省略）都是膨風神棍，當他聽到那個「高人」是董事長找來的，機率更是躍上百分之百。

可是總經理老大卻說看在他的份上，這件蠢事就算了，只希望我們能把公司的損失降到最低。

我該怎麼做呢？請問神棍先生「你是神棍嗎？」似乎不太妥當，最好忍一忍過去，省得出現第二個大仙。

「讓一讓，各位，林大特助來了，讓一讓。」

全公司跑來門口圍觀，今天算是給他們變相放假，省得「師父」一個念頭燒掉進行中的企劃案，這是老王從別家聽來血淋淋的案例之一。

遠遠地，陳公關從電梯領來蓄小鬍子的中國服大師（自稱），大師背後跟著未成年的小助手。卑鄙，領那麼多錢，竟然只請一個工讀生搬道具。

「這位置不好。」

大師一進門就咒我們衰，大伙兒照我的指示點點頭。

您的意見很好，但敝公司不可能搬家。

「人也不好。」

大師不愧是大師，話才說完，人稱「伯樂王」的人事張就開始躁動，我示意他稍安勿躁。

「氣也不好。」

「哪有，我們空調才剛檢修好……唔唔唔！」庶務小李被眾人拖到廁所，我暗地一聲令下，處理掉。

大師要從廁所看起，他進男廁以後，公關Miss陳．大美女才有空檔跑來跟我哭訴，說大師一直瞄著她胸部。

「之萍姐，性騷擾好可怕──」陳妹妹用她的E罩杯撲過來，她今天已經是個能擔當一面的主管，但對那種事還是特別敏感。

「放心，我會幫妳討回公道。」我勾勾手，把公司的男人們叫來。「等一下，你們好好盯著大師的屁股，要露出垂涎的表情。」

他們乾嘔給我看表示抗議，但等大師出來，全公司的男生還是乖乖地一起對大師淫笑。

可惜大師渾然不覺得貞操受到威脅，依然四處在公司內部亂晃。有人向我提議把大師帶到總經理祕書辦公室，讓他們王見王，看看王大祕書會有什麼反應？我毅然否絕，因爲把辦公室當家的老王會殺了我。

「你們負責人是誰？」大師猛然停下腳步，我無奈地被拱了出去。

「王師父，承蒙賞光，公司就麻煩您了。」我把口水吐在手心，去跟他握手。

小鬍子大師從我胸部再往臉上看，我相信他在騙財之餘絕對也會騙色，仔細端詳我好一會。

「妳和照片不像……」大師喃喃著。

「照片？」我好奇問道，對他勾了勾微笑。

「沒事沒事。貧道看妳是有緣之人，才對妳洩露天機。妳黑煞纏身，近日有個大劫，關係到生死存亡……」他把句子停在這裡，是不是要我開口問他？

「呃，那該如何是好？」

「我先把這裡氣場處理好，妳私下再跟我聯絡。」大師摸著我的手，摸到第三次，我把名片交給他，這小鬍子才甘心放手。

我想到家裡可愛的兔子，小七總是努力想幫人解決困擾，不會把命運當作掌控別人的手段。

大師又說我們公司遭到惡意詛咒，需要法器鎮壓，不然可能有血光之災。於是他叫小工讀生把玉神像搬到辦公大廳的出入口，聲稱神像可以抵擋所有的災厄，還能讓公司的業績更上一層樓。

「多少錢？」會計吳忍不住出聲，他很害怕看到這個月的支出報表突破天際。

小鬍子對吳會計給了鄙夷的眼神，他認為凡人根本不懂玉像的價值，這是他受到董事長禮聘才忍痛割捨的寶物。

「所以說，到底要多少錢？」會計部的眾人驚恐不已。

「二百萬。」

削瘦的吳會計呻吟一聲，昏倒在白瓷地板上。

「我看了平面圖，這兩個區塊不好，重做才能保有貴公司的財運。」大師又說，我知道這樣才又有理由給董事長坑錢。

「感謝大師指引。」我雙手合十，虔誠禮拜，希望把這個惡夢畫下句點。

可是大師對二百萬很執著，講了許多玄妙的箴言，翻譯一下就是叫我們快點把支票簽給他。

「抱歉，這需要和上層商量。」

要是眞的給了神棍這筆錢，要平時兢兢業業，為公司每一分錢斤斤計較的大伙們情何以堪？

大師也察覺到我們的不滿，眉頭高高揚起。

「哼，就讓你們見識大仙的法力！」

大師叫我們關燈，我們只好關燈，一群人看他唸唸有詞，大喝一聲，從衣領掏出黃符往上扔。

我魔術看多了，沒被黃符轉移注意，我看著小鬍子暗地扭緊小工讀生的手腕，力道大得把人家勒出瘀青，眞是過分。

玉像在黑暗中漸漸發出光芒，大家驚異不已，緊盯著玉像不放。而我的手也發出暖暖的白光，是小七的護身符。相較之下，玉神像的光芒只是快報廢的六十瓦燭光，也不怎麼樣。

「信奉大仙，大仙就會庇佑你們。」

大家的眼神變得有些呆滯，隨著小鬍子的話頷首，我兩顆眼睛看出來大事不妙，想辦法踩醒幾個主管人員，然後登高一呼，請大師中場休息。

我趕緊去找老王。

「志偉、志偉！」

「閉嘴，妳叫得我起雞皮疙瘩！」

「有詐、有詐！」

我把剛才的情況描述給老王，老王敲著鍵盤滑鼠，連說兩次不可能。

「根據我調查，那個騙徒沒那麼大的能耐。」

「可是陳妹妹原本很怕他，被神光一照反而對神棍傻笑耶！」

老王摸著雙下巴，沉吟一會。

「妳說，他有帶一個少年過來？那個王姓神棍以往並沒有徒弟、助手一類的跟班，去調查一下。」

老王實在英明，人沒在現場，躲在辦公室納涼，也想得出問題癥結所在。我端出茶水，請大師潤潤喉，還拿了一點蜂蜜蛋糕去找那個和道具一起陳列在角落的小工讀生。

「弟弟，你還在唸書嗎？幾歲？我小兒子和你差不多大呢！這麼年輕就出來賺，眞是不簡單。」

工讀生沒回答我，頭垂得老低，可能因爲小鬍子大師不時往他這邊看過來，監視他的行動。

「我跟你說，這家蛋糕超級好吃，是我從頂頭上司的冰箱裡拿過來的，你今天也辛苦了，請你吃。」

他呆呆盯著蛋糕，伸手去觸摸它們。我笑著給他銀叉，遞過去的同時，發現那五根漂亮修長的手指全都傷痕累累。

「這是……給我的麼？」他小心翼翼確認。

「是啊，盡量吃，多吃一點。」

聽了我的話，男孩細細咬了一口蛋糕，然後狼吞虎嚥吃了起來，不知道有多久沒好好吃飯，我給他倒了杯茶，叫他小心別噎著。

男孩臉上抹了層層炭，像鬼似地，糟蹋一張好看的臉蛋。他一邊吃，我一邊擦，撈起他遮眼的劉海，那雙眼和我印象中的一樣澄澈透明，只是多了幾分難掩的疲憊。

「小安呀，你這孩子怎麼會在這裡？」

「哎，人在屋簷下……這糕點眞不錯，可以把剩下的帶回去麼？」他就算被揭穿了，還是從容笑了笑。

這時，小鬍子大師氣急敗壞走了過來，男孩側身躲過大師揮下的巴掌，輕巧跳到我面前，用他一貫的風度朝我行禮致意。

「感謝招待，陸某就爲您算一次好了。」

這孩子一站出來，原本眾人呆滯的雙眼瞬間清明三分，看他煞有其事在辦公室走著奇怪的八字步，等到他停下腳步，清了清喉嚨，要開口了，我們甚至還推派出專員記錄。

「在那兒，種棵樹吧。」小師父比向辦公室南邊一隅，那個角落因爲會曬到太陽，人坐著不舒服，空了一小片位置。

「董事長不准。」小李很喜歡花花草草，可是他帶來公司的盆栽因爲「風水」的關係全被老太婆扔了。

「這樣啊，眞可惜，植物對人們可是很有益的生物呢！」神算男孩笑了笑，小鬍子大師則是在旁邊火冒三丈。「也只好折衷了，請給在下紙和筆。」

大家圍上去看小師父寫字，大師被人群隔絕在外。

小師父俐落提筆，把原子筆當毛筆用，認眞非凡地在我們提供的綠色便條紙寫了個「木」字。

我拿起紙，端詳好一會，就算退一百萬步來說，男孩的字還是很醜。記得小七曾經說過，幾百年前這孩子的字畫一幅難求，因爲可以趕跑鬼和瘟神，有一半就是字太難看造成的效力。

「供著，每天澆兩滴水。」

這時候，我們實在猜不透高人的用意。一直到三個月後，對面大樓發生槍戰，有顆子彈穿透公司的強化玻璃，最後嵌在這張綠色便條紙裡，讓公司的大伙有驚無險。

事後老王才原諒我出賣他的蜂蜜蛋糕，他說這代價太便宜了，這種層級的風水師父通常捧著千金也換不了一句金言。

神算男孩又牽起陳妹妹的手，叫她小心足下；對財務部那邊的人馬微笑不語；看著人事張輕嘆：「人禍呀，可是在上位者你也無能爲力。」

董事長，他就是在說咱們親愛的董事長大人！大伙們心知肚明，但老太婆派來的神棍就在旁邊，沒辦法表示內心的想法。

「混蛋，我帶你來是爲了什麼！」神棍大師大吼一聲，神算男孩頓時閉上嘴。那孩子無精打采走到玉神像旁，很不開心地向我們推銷。

「有用的，裡頭的邪氣我已經淨化過了，買吧，擺著也算好看。我在我家山下夜市也看過一個，套圈圈套中的，拜託老闆換廁紙給我們兄弟，可惜沒辦法呢。我們後來就拿來壓醬菜，菜市收攤的時候常常會有免費的菜哦！」

這讓我想到小七的故事。

我家兔子說，他十四歲那年，在垃圾堆裡發現三個沒人吃過的便當，都沒有壞掉耶，好幸運，他到現在還印象深刻。

血淚，太血淚了，最後我們樂捐出兩千元買下玉神像，陸小安用衣襬接過善款，再三道謝。小鬍子大師憋了滿肚子氣，用力扯住神算男孩的手臂，風風火火離開公司。

「太好了，散會！」我登高一呼。

「很好，比我想像中的早結束。」老王赫然出現在眾人身後。「補足你們今天的工作量才准下班，年輕人。」

大伙慘叫不已。

「魔鬼！」

「惡魔！」

「死胖子！」

叫「死胖子」的那位英勇同事被老王減薪，大家罵完還是可憐兮兮回去崗位上，換成咒罵今天的大師。

不知道爲什麼，他們對清秀甜美的小神算師父，很快地淡下記憶。

「王同志，我想請個小差。」

老王還沒說完「不准」，我就拔腿跑掉。

問我原因，我也說不出個所以然來，只是我有一個溫柔又愛逞強的小兒子，就和那孩子一樣大。

等我趕到公司外的巷子，小鬍子已經把小朋友教訓一半了。

「陸家有什麼了不起，要不是我可憐你，你哪有工作可做！」

被男人粗暴勒著領子，那孩子只是裝傻笑著，不說話也不反抗。

「你做什麼！」我生氣拉開小鬍子神棍，他惱羞成怒推了我一把，我用高跟鞋踹他雞雞。

「賤人！」小鬍子痛到飆淚。

「不可燃垃圾！」我不甘示弱罵回去。

大師在引發騷動之前，恨恨地招計程車上路，我一拐一拐去把扔出去的鞋子撿回來。

「小安。」

小神算抬頭對我一笑，又低頭撿起四散的鈔票錢幣。

「年紀輕輕就出來打拚，眞不簡單。」

「夫人，您過獎了。」

等他忙完，我伸手把他拉起來，拍乾淨髒掉的地方。

「這麼委曲求全，要是你爸媽知道，他們會很心疼的。」

看著我，男孩只是笑容更深。

「夫人，阿七和那一位正等妳回去，好豐盛的一桌菜呢！您別在心裡頭傷心，我好歹是個當家，沒那麼不堪。」

我搖頭，套一句小七的話，「我才沒有哭！」只是忍不住感慨。

好比一間公司，有才能的人在底下做得要死要活，大老闆只會奴役員工任意享樂，這間公司絕對撐不了多久；而我家小七和這孩子都是百年前數一數二的大道者，卻落魄至此，那麼，世道是不是也快衰亡了？

「你是我兒子的朋友，阿姨我不能放著你不管。」

「你『那個』會生氣，說了很多次了。」他真的好厲害，連這都知道。

「反正阿夕又沒眞的掐死過我。」我想抓他去吃晚飯，給他準備點衣服，可是這孩子卻笑咪咪地退了兩步。

「上輩子是我害死阿七，我沒料到他會去擋天雷。這輩子看他過得好，沒道理干涉他的生活，只是他遇見妳，究竟是不是天上的旨意？」

他望著我的臉，微笑抿起唇。

「夫人，到此爲止好了。妳的選擇是如此兩難，我無法給妳任何建言。」

「我沒有要求你什麼，只是大嬸雞婆，看不下去。你等一下，這些錢拿去，不要再跟那種壞男人廝混了，要是被賣屁股怎麼辦？」我想不到其他辦法，把錢包所有現金塞到男孩手上。

他沒再說什麼，收下錢，一步一步，慢慢走離我的視線。

回去果然被老王罵，我還跟王大祕書說想早下班看兒子，被罵得更慘。中間休息去上個廁所，陳妹妹迎面而來，把很眼熟的錢包遞給我，嬌嗔罵我粗心。

奇怪，我的兔子錢包從不離身啊？

而且應該乾癟的錢包又變得胖滾滾，打開來，那些給算命仙男孩的錢，又原封不動回到我的手上。

□

我回家看到小七和熊寶貝在客廳玩耍，頓時熱淚盈眶。

兔子不必在外頭風吹雨淋，看人家臉色呼來喝去，做自己想做的事，眞是太好了。

我只要一想到他以前過的是什麼非人日子，就不住難過。

「大姊，妳回來啦！」小七朝氣十足地和媽媽打了招呼。

我「嗯」了長長一聲（太可愛了——），被吸引過去坐在兒子們身邊，看他們努力組合小熊拼圖。

我裝作不經意提起前陣子來家裡玩的小客人。小七聽了，低眉沉思好一會。紅鞋小姑娘也說過白派、陸家和公會之間的矛盾，有三國鼎立的感覺。但我見到的卻是，一個小男生、一個小男生以及一個商機無限的組織。

「我們當初並不是競爭的關係，而僅僅是派別不同。張大哥創了公會，希望讓流落異鄉的道士有個落腳的地方，白派求的是一個傳承，而陸家就是那個神經病做代表，我從來沒弄清楚過他在想什麼。我們都希望讓這座島成爲人們安居樂業的地方。我想，到現在，這份心意不論是哪一門派，都不曾變過。」

但事實上，在理念以外的地方，幾乎都變質了。

「他只是一個孩子呀，怎麼一群大人卯起來和他對抗，欺負小男生嘛！」

「因爲他什麼都『看得到』，他的雙眼不受法則束縛。即使是上界，也把陸家當作人世潛在的威脅，他的才能幾乎和我的一樣可怕。」

「小七才不可怕，小七兔子最可愛了。」

小七瞪了我一眼。什麼嘛，媽媽說的是眞心話。

「我必須與他抗衡，不然總有一天三界一定會殺了他。」

「他總是你的好朋友。」小七眞是我的好孩子。

「鬼才跟他是好朋友！」小七激動反駁，有趣極了。「他那個人沒心沒肺，從上輩子就老是耍著我玩，我送他回家他還一直說今夕哥壞話，眞是一個大混蛋！大姊，妳不要再跟他往來了，絕對沒好事。」

阿夕，你聽聽你弟弟多挺你啊，疼兔子不會虧本的。

「他那張嘴很不吉利，但也只有禍事須要預防。他知道的太多、太過現實殘酷，所以常有人覺得他可怕。他那時候就是被追殺才渡海來台灣，看來這輩子他還是沒記取教訓。」

「小七，他有幫你算命嗎？」有吧？我知道，陸小安就是和我一樣雞婆的人。

七仙拉住我的衣襬，垂著眼，好一會才出聲。

「我直接揍了他一拳，我不敢聽。」

□

有一就有二，沒過幾天，我就第三次遇見那孩子。

那時候黃昏，正值交通尖峰時刻，大馬路車水馬龍，路上人們來來往往，都有回去的目的地，所以一個男孩子揹著重物在十字路口徘徊就顯得特別突兀。

但好像也只有我注意到，這社會雞婆分子怎麼變得那麼少？

他曾試著開口問人，但沒人理會他。我走過去拍拍他的肩，他轉身發現是溫柔的林阿姨，琉璃眼睛不禁眨了兩下。

「天平夫人，咱們還真是有緣呀！」他雖然笑得美好，但掩不過憔悴的面容。

「對呀，好巧喔！你現在還好嗎？」我盡量不要露出擔心的樣子。

他把手工的紙條攤給我看，是某間大醫院的地址。

「聽說有位很會治氣管的大夫……我不知道該怎麼走，我看不太清楚現世的路。」他無奈地笑了下，不時挪動背後的重物。

這簡單，我右手一揮，計程車小黃就停在我們旁邊。

「這不在我預料之中……」這孩子對計程車歪頭，好像從沒見過一樣。

「唉，囉嗦，車錢阿姨出。」我直接拉他上車，把醫院地址交給運將去尋路。

車門關上，我看他小心翼翼放下身後的大包袱，從布巾下露出非常瘦弱的手腳，原來是個小孩子。

一路上，那個小朋友咳嗽不停，連司機都忍不住皺眉，然而神算男孩只是握著小孩的手，不斷出聲安撫。

「哥哥在這裡，沒事的，不要怕。」

隨著咳嗽聲加劇，我連忙翻出水瓶遞過去，叫司機開快一點。

醫院到了，他抱著小孩下車，直往太平間跑，被我拉回急診室那個方向。

看病第一件事就是要錢，在護士報出價碼之前，男孩就把一疊縐巴巴的鈔票放在櫃台上，分文不差。

醫生來得很快，道士男孩就像一般的家屬，低聲請求援助。小孩被推進急診室裡，我和那孩子就坐在外面乾等。

「會沒事吧？」我想著各種安慰的話。

「我算不出來。」男孩盯著急診室大門發怔，肩膀垂下。

我手機響了又響，想必是阿夕打來找人，但這種時候，我實在走不開。

我伸手過去摸摸他的頭，阿姨我一向這麼給小七打氣。男孩繼續發著呆，好一會才察覺我的動作，對我笑得極爲溫柔。

「您和我母親很像，都是不吝惜給予感情的人。」

阿姨我曾經有機會當你老媽，疼你一下也無可厚非。

「您身邊其實已經有人了，雖然對不起阿七，但您很像我母親。既然害怕寂寞，爲何遲遲不敢立下承諾？」

因爲家裡有兩個小的，他們還沒成人。

「眞正的神算是我父親，他所『見到的』，連我也改變不了。」

我的記憶恍惚起來，那些應該是爺爺嘆息的話語，逐漸變成一個少年的聲音，輕柔而不住爲我悲傷。

「妳會長成一名溫柔、深情、美麗的女子，是現世一抹清泉。可惜到妳嚥氣那刻，沒有人能抓著妳的手，妳只能一個人看著天，孤單地躺在地上，不會有人替妳送終。」

那名少年和眼前的男孩重疊起來，他們很像，外表和音色都是，只差現實比回憶多了一抹嘲弄的微笑來遮蓋他更深層的意念。

「夫人，您放再多情感下去，他們最終還是會拋下您遠去。不論妳選擇哪一邊，都不會留在妳的身邊。」

我把手覆在男孩眼前，不讓他看盡世事無常。爺說，那些算命的算到後來都會變啞巴，因爲人不如意十之八九，他們算到最底就只剩死亡。

「謝謝你，不用說了，不用再說了……」

我哭著，他閉上了眼。

《陰陽路．卷一》完

後記

這篇故事能夠出版大概用掉我大半輩子的好運，很榮幸獲得蓋亞文化的賞識、感謝育如編大的包容指點、AKRU大人的神圖、舉薦我的貴人、鼓勵我的友人，還有網路上支持我，熱情又可愛的小讀者們。

「我喜歡夜間散步……」

前年暑假，我在等夜班公車的時候，聽見這麼一道溫婉的女聲。我看著高樓大廈，眼前卻浮現墓碑錯落的墳場，少年坐在碑上，白髮在夜色中飛舞，當他回眸，輕睨一雙異色眼瞳，陰間陽世的交界突然模糊開來——

這麼具有神祕氛圍的角色爲什麼後來會變成小兔子我就不知道了。

我故事中的人物總像前世的老朋友，到腦海向我說聲哈囉，之後便把我舒適又空洞的腦袋當自己家，自動自發上演他們的戲碼，就算要考試、交報告期限也不放過我，更可惡的就是他們常常丟兩句話下來，就要我寫四千字來鋪陳那兩句台詞，有完沒完，我上輩子欠你們錢嗎！

而《陰陽路》的主角，林民婦女士，在我故事中，聒噪程度無人能出其右，才會吵到十多個未完待續的故事裡，我挑了這篇來當封筆作，至少前年冬天，我是認眞打算好好寫完這篇，就要回頭力拚學業。

沒想到這個亂七八糟的短篇長集榮獲小讀者好評，還贏得出版社青睞，使得原本斥責她的我站不住腳，叫她多生點事端，多說點蠢話。我幾乎可以看到那女人三八似地摀住嘴，嗤嗤笑著。

最後，還是不免俗，寫個小短篇獻給親愛的讀者——

番外

夏日炎炎，我穿著有熊紋樣的小可愛，躺在沙發上蹺腳搧風。星期六下午，沒人愛的中年婦女實在閒著沒事幹，沒勁作奸犯科，也懶得殺人放火。

所以當小七走進我視線，從冰箱拿出冰水，要倒給夏天一到，脾氣火爆三倍的林今夕享用，媽媽我迸出一個邪惡的念頭，朝我的小兒子瞇起雙眼。

「兔子，咻咻，這裡！」

「大姊，妳也要？可是冰飲對女人不好，妳桌上擺著一大杯冰紅茶，要節制才行。」

小七什麼不和阿夕學，淨學他大哥的囉嗦。

「不是，媽媽只是想問智慧通達的白仙大人有沒有聽說過『神仙水』？」

出乎我意料，小七答應道：「有，但是和字面聯想出的意思不太一樣，就像香蕉水裡沒有香蕉，常有道者誤飲神仙水而形魂俱散。」

乖乖，這麼可怕，這要我的計畫如何是好？

「水是生命的源頭，無形，可以滌洗塵世。神仙水可以洗清一個人身上懷有的罪孽，但天上的標準和陰間不同，功不抵過，而每個人轉生爲人——之所以轉生爲人，就因爲魂魄帶著那點洗不開的垢，不論是什麼樣的人，只要是人，飲神仙水必死無疑。」

好在我身邊沒有那種東西，不然他愈叫我不要喝，我愈想試試看。

「應該相當甜美吧？不然怎麼有人會喝錯？」

「根本沒有味道，少被傳言騙了。」

「哎呀，你喝過？」我忍不住眨了眨眼。

小七一時之間不知道該澄清什麼，他也根本不會什麼花巧的言詞。

「在天上天天都喝。」

「純潔。」我伸長手，摸摸他的白腦袋，果然只有這孩子才配得上這兩個字。

含辛茹苦養了好一段時間，小白兔才肯溫馴地給我玩玩摸摸，林之萍女士感到無比驕傲。

「大姊，怎麼突然問這個？」他慢慢低下身子，把頭半擱在沙發邊，方便我玩小孩。

「我想到你太祖父也說過神仙水，不過卻是人間的東西，可以換得浪子回頭，比黃金珍貴，但又唾手可得。」

「是什麼？」

「女人的眼淚。」

小七忍不住皺起眉頭，他不知道該相信我，還是臭罵我又唬爛他。

「眞的眞的，只有被正面攻擊過才知道，像我老母才掉兩滴淚，我就再也不敢去跳後山的斷崖。」

「原來妳就是那個逆子。」兔子總是能抓到不重要的重點吐槽我。

我用手指捲著小七的軟髮，看他今天心防特別薄弱，不趁機撒嬌一下滿足爲人母的心情，太對不起我自己。

「寶貝，如果媽媽有天很傷心哭了的話，你要用身體來安慰我喔！」所有繞圈圈的廢話就是爲了這一句。

本來以爲他會氣急敗壞跳起來，數落我變態金剛，但他卻把我的玩笑話認眞看待，拉住我的食指和中指，抵在他的眉心上。

「只要我在這裡，不會再讓妳哭的。」

剛認識的前三天就發現他是個好孩子，之後更是體認到這眞是不可多得的小寶貝，但有時候，像現在，本以爲我給全了愛，驕傲得很，卻沒想到他回應我的心意會是如此之深。

媽媽的神仙水雖然無往不利，收放自如，但在你面前，我會一直幸福笑著，即便受傷、失去，也絕不會哭。

國家圖書館出版品預行編目資料

陰陽路 / 林綠 著.——初版. ——台北市：
蓋亞文化，2011.08
面； 公分.（悅讀館；RE261）
ISBN 978-986-6157-52-3（卷一；平裝）

857.7 100013682

悅讀館 RE261

陰陽路 01

作者 / 林綠
插畫 / AKRU
封面設計 / 克里斯
出版社 / 蓋亞文化有限公司
地址◎ 台北市103赤峰街41巷7號1樓
電話◎（02）25585438 傳真◎（02）25585439
網址◎ www.gaeabooks.com.tw
部落格◎ gaeabooks.pixnet.net/blog
電子信箱◎ gaea@gaeabooks.com.tw
投稿信箱◎ editor@gaeabooks.com.tw
郵撥帳號◎ 19769541 戶名：蓋亞文化有限公司
法律顧問 / 義正國際法律事務所
總經銷 / 聯合發行股份有限公司
地址◎ 新北市新店區寶橋路二三五巷六弄六號二樓
電話◎（02）29178022 傳真◎（02）29156275
港澳地區 / 一代匯集
地址◎ 九龍旺角塘尾道64號龍駒企業大廈10樓B&D室
電話◎（852）2783-8102 傳真◎（852）2396-0050
初版六刷 / 2014年08月
定價 / 新台幣 220 元
Printed in Taiwan

GAEA ISBN / 978-986-6157-52-3

RE261
GAEA

陰陽路 01

陰陽なる途

蓋亞文化 讀者迴響

感謝您在茫茫書海中選擇了蓋亞，您的支持是我們最大的動力。
不要缺席喔，讓我們一起乘著夢想的羽翼，穿越時空遨遊天地！

姓名：性別：□男□女出生日期：　年　月　日
聯絡電話：手機：
學歷：□小學□國中□高中□大學□研究所職業：
E-mail：（請正確填寫）
通訊地址：□□□
本書購自：縣市　書店
何處得知本書消息：□逛書店□親友推薦□DM廣告□網路□雜誌報導
是否購買過蓋亞其他書籍：□是，書名：□否，首次購買
購買本書的動機是：□封面很吸引人□書名取得很讚□喜歡作者□價格便宜□其他
是否參加過蓋亞所舉辦的活動： □有，參加過　場□無，因爲
喜歡出版社製作什麼樣的贈品： □書卡□文具用品□衣服□作者簽名□海報□無所謂□其他：
您對本書的意見： ◎內容／□滿意□尚可□待改進　◎編輯／□滿意□尚可□待改進 ◎封面設計／□滿意□尚可□待改進　◎定價／□滿意□尚可□待改進
推薦好友，讓他們一起分享出版訊息，享有購書優惠 1.姓名：　e-mail： 2.姓名：　e-mail：
其他建議：

廣告回信 郵資免付
台北郵局登記證
台北廣字第675號

蓋亞文化有限公司　收
103 台北市赤峰街41巷7號1樓

GAEA

Gaea